Xavier de Moulins

Dieser wunderbar blaue Himmel

Xavier de Moulins

Dieser wunderbar blaue Himmel

Roman

Aus dem Französischen von
Karin Meddekis

Lübbe

MIX
Papier aus verantwortungsvollen Quellen
FSC® C014496
FSC
www.fsc.org

Papier: holzfrei Schleipen – Werkdruck,
der Cordier Spezialpapier GmbH

Dieser Titel ist auch als E-Book erschienen

Titel der französischen Originalausgabe:
»Ce parfait ciel bleu«

Umschlaggestaltung: Kirstin Osenau
Einband-/Umschlagmotiv: © Elisabeth Ansley/Trevillion Images
Satz: Greiner & Reichel, Köln
Gesetzt aus der Adobe Caslon Pro
Druck und Einband: GGP Media GmbH, Pößneck

Printed in Germany
ISBN 978-3-431-03894-1

1 3 5 4 2

Sie finden uns im Internet unter: www.luebbe.de
Bitte beachten Sie auch: www.lesejury.de

Für meine Töchter:
Gaïa-Lou, Tosca und Bianca

»Dieser Duft unserer vergangenen Jahre,
alles, was an deine Tür klopfen könnte,
diese Unendlichkeit der Schicksale,
von denen man eines lebt,
und was bleibt davon zurück?«

Noir Désir: *Der Wind wird uns tragen*

1

Die Seniorenresidenz, die mitten auf einem Feld vor den Toren der Stadt steht, war einst ein Bauernhof. Auf einem gepflegten Rasen wachsen Apfelbäume. Ein Gärtner sammelt die Äpfel auf. Aus Gründen der Hygiene und der Sicherheit dürfen die Bewohner die Äpfel nicht anfassen. Die meisten können sich ohnehin nicht mehr bücken, um sie aufzuheben. Und diejenigen, die schon so stark vom Alter gebeugt sind, dass sie sie vielleicht aufheben könnten, haben keine Lust dazu. Es wäre auch nicht gut für sie.

Einmal aß ein Bewohner zu viele dieser verbotenen Früchte und bekam Durchfall. Alle machten sich über ihn lustig, als er sich im Aufzug in die Hose machte und das flüssige braune Zeug auf seine Pantoffeln tropfte. Er heulte Rotz und Wasser, weil er sich furchtbar schämte und sich so allein fühlte. Als er wegging, hielt er sich mit der einen zittrigen Hand am Geländer fest, die andere hatte er vor den Mund gepresst, als wollte er verhindern, dass auch noch die Zahnprothese herausfiel.

Das gesamte Grundstück ist von einer Mauer umschlossen.

In dem L-förmigen Gebäude gibt es drei Etagen, auf denen die Zimmer liegen.

Auf den ersten beiden Etagen wohnen Senioren, die noch laufen, sich mit dem Rollstuhl fortbewegen und eine Gabel festhalten können (auch wenn beim Essen die Hälfte auf den Boden fällt), die nicht ins Bett machen (auch wenn es hin und wieder einmal vorkommt) und sich noch unterhalten können (auch wenn sie die Fragen vergessen oder alle fünf Minuten darum bitten, dass man die Antworten wiederholt).

Auf der obersten Etage wohnen die anderen, die nichts mehr können. Diejenigen, die nicht mehr wissen, wer sie sind, sich ständig bekleckern, Hilfe beim Waschen und beim Toilettengang brauchen und bei denen man aufpassen muss, dass sie nicht ihren eigenen Kot essen. Dort sind die Bewohner untergebracht, die schreien, weinen, vor sich hin murmeln, stöhnen, brüllen und beißen, weil sie von Visionen heimgesucht werden. Bei einigen ist die

Demenz so stark fortgeschritten, dass sie nahezu alle menschlichen Fähigkeiten eingebüßt haben.

Die dritte Etage ist geschlossen, und niemand darf sie ohne Erlaubnis betreten. Zutritt erhält man nur mit einer Magnetkarte. Außerdem braucht man viel Fachwissen und Beruhigungsmittel, um all diese Festplatten, die im Laufe der Jahrzehnte starke Schäden davongetragen haben, vollständig zu löschen. Die Ausgestoßenen der dritten Etage bekommen fast keine Besuche mehr. Sie leben im Vorzimmer des Paradieses, genauer gesagt in der Hölle, abgeschnitten vom Rest der Welt, die leeren Blicke in die Ferne gerichtet und wie Säuglinge auf die Hilfe anderer angewiesen. Ihre Schlafanzüge sehen immer irgendwie schmutzig aus, selbst wenn sie frisch aus der Waschmaschine kommen. Die Bewohner der dritten Etage sind entsetzlich einsam.

Zwei Aufzüge fahren von der Eingangshalle zu den einzelnen Etagen. Der Speisesaal liegt hinter dem Gemeinschaftsraum, in dem die Senioren singen, spielen und andere Beschäftigungsangebote wahrnehmen. Die Leseecke befindet sich neben dem stets düsteren Fernsehzimmer, in dem ein überdimensional großer Fernseher mit leistungsstarken Lautsprechern dafür sorgt, dass alle Julien

Lepers oder die Filme und Dokumentationen gut sehen und verstehen können.

Wer das Programm auswählt, weiß ich nicht.

Ich weiß hingegen, dass das Fernsehzimmer ein Beispiel für die gelungene Synthese von Gerontologie und Technologie ist. In diesem Raum voller technischer Spielereien bringt man den Senioren die Handhabung modernster Kommunikationsgeräte bei und vermittelt ihnen den Eindruck, dass man hier Schritt hält mit der neuesten Technik: Handys mit großen Tasten, Touchscreen, Surfen im Internet, Verschicken von E-Mails und natürlich Videospiele. Auf diese Weise können sie sogar ihre alten Knochen mit den neuen Knie- und Hüftgelenken bewegen und die Schmerzen ihrer Arthrose lindern.

Diese Bemühungen gehen meiner Großmutter ziemlich auf die Nerven. Sie hasst es, einmal pro Woche in das Wii-Zimmer gehen zu müssen. Obwohl es in letzter Zeit besser geworden ist, weil sie beim virtuellen Bowling dank meiner Ratschläge und vor allem dank der Ratschläge ihrer Zimmernachbarin wahnsinnige Fortschritte gemacht hat. Die Zimmernachbarin wird von den anderen nur die »Giftnudel« genannt, weil sie zu allem ihren Senf dazugeben muss. Sie ist das Klatschweib der Seniorenresidenz und zieht ständig über die

Leute her. Wenn sie ihr Zimmer verlässt, hat sie immer ein kleines Spiralheft bei sich und macht sich in zierlicher, geneigter Schrift unleserliche Notizen. Vor dem virtuellen Bowling zieht sie extra ihre Golfhose an, um sich dann furchtbar aufzuspielen, wenn sie vor der Konsole steht.

»Alle Pins mit einem Wurf, stell dir mal vor! Das war großartig.«

Meine Großmutter ist stolz auf ihren Strike. Auf dem Bildschirm regnete es Konfetti.

Ich hörte ihr lächelnd zu, als sie mir erzählte, dass sie sich bei dem vom Altenheim organisierten Turnier für das Halbfinale qualifiziert hatte. Doch seit ihrem Ausscheiden unmittelbar danach wegen ihrer großen Rivalin, Ginette Turin, findet sie es nur noch bekloppt, mit einem Controller auf Pins zu zielen, die gar nicht existieren. Zudem droht dieser Controller einem ständig aus der Hand zu rutschen, während er die Bewegungen der Spieler überträgt.

Mit achtundachtzig Jahren lebt Mouna mindestens ihr siebtes Leben, aber sie weiß jetzt, dass sie niemals Siegerin bei den Videospielen in der Résidence des Lilas werden wird, die ihren schönen Namen den Fliedersträuchern verdankt, die auf dem Grundstück wachsen.

Bei meinem letzten Besuch sah ich, dass ein drittes Gebäude errichtet wird. Die Warteliste ist so lang, dass man oft drei Jahre warten muss, und durch den Neubau hoffen die Betreiber, den Mangel an Plätzen zu reduzieren. Ja, man muss tatsächlich drei Jahre warten, bis ein Platz frei wird und man ein Zimmer in diesem Altenheim beziehen kann. Die Bewohner verlassen diese Einrichtung nur mit den Füßen voran. Es ist ihre letzte Etappe vor dem Tod.

Das Personal sorgt dafür, dass die Verstorbenen nicht während des Tagesbetriebes abgeholt werden, um die Jüngeren nicht zu schockieren.

Sich in einer solchen Einrichtung anzumelden erfordert daher ein gewisses Gespür für den richtigen Zeitpunkt.

Ebenso wie man sein Kind in der Krippe anmeldet, noch ehe es gezeugt wurde, schlägt die Résidence des Lilas den Familien eine Voranmeldung vor, ehe die Angehörigen die Treppe hinunterfallen und sich den Oberschenkelhals brechen. Oft ist es ein solcher Bruch, der ankündigt, dass eine Mauer demnächst den Blick auf den Horizont begrenzen wird.

Am ersten Tag habe ich den Heimleiter gefragt, welchem Zweck die Flaschenscherben auf der Mauer dienen und wo der Stacheldraht versteckt ist.

Ohne die Fassung zu verlieren, erklärte er mir, dass die Glasscherben, die auf den Steinen kleben, den Stacheldraht ersetzen und dass sich diese Konstruktion seiner Meinung nach besser in die Landschaft einfüge als ein Zaun.

»Außerdem rosten Zäune.«

Die nächste Bemerkung konnte ich mir nicht verkneifen:

»Nun fehlen nur noch die Wachtürme. Die haben sich doch immer bewährt.«

»Jetzt übertreiben Sie mal nicht. Wir müssen schließlich die Sicherheit unserer Bewohner gewährleisten.«

Darum also die Festung und die Glasscherben: um die Alten daran zu hindern, abzuhauen. Die Senioren, die innerhalb dieser Mauern leben, sind Tauben mit gestutzten Flügeln. Sie stehen mit dem Rücken zur Wand und wagen es nicht zu fliehen. Sie haben Glück, wenn sie überhaupt noch durch das frische Gras laufen können.

2

Die Menge in der Kirche erinnert an ein Gedränge der französischen Rugby-Nationalmannschaft. Die Anwesenden unterhalten sich lautstark. Es geht hier zu wie auf der Präsidententribüne einer Pferderennbahn beim Grand Prix. Die VIPs tragen teure Anzüge und unerschwingliche Kleider.

Eine Madame Balmain und ein Monsieur Saint Laurent, ein kleiner Paul Smith und eine Miss Armani, eine Familie Ralph Lauren. Eine große Frau in Zadig & Voltaire erinnert mich an eine grüne Heuschrecke. Sie ist allein gekommen und beobachtet heimlich ein Jackett von De Fursac mit Schalrevers. Dieses hält ein eierschalfarbenes Kleid von Chloé an der Hand, das auf hohen Miu-Miu-Schuhen steht und an dessen gebräuntem Arm ein Prada-Täschchen baumelt.

In dieser Kirche geht es zu wie bei einer Modenschau.

Die Sonne dringt durch die Scheiben, und die Lanze eines Soldaten durchbohrt den Leib Jesu auf einem Gemälde des Kreuzweges, und zwar genau an der zwölften Station.

Mein Blick fällt auf den gekreuzigten Christus. Ich will ihm ins Gesicht sehen, doch die blonden Haare, die auf den gebräunten Schultern der jungen Frau mit dem Prada-Täschchen schimmern, lenken mich ab. Sie beeinträchtigen meine Konzentration, und ich gehöre zu den Leuten, die sich schnell ablenken lassen.

Der Höhepunkt des Spektakels spielt sich ein paar Köpfe beziehungsweise Hüte weiter ab, sieben Meter vom Betrachter entfernt: mitten im Chor.

Hinter dem Altar steht der Pfarrer, der an einen Rockstar erinnert – gebräunter Teint, selbstbewusst, um die fünfzig, im Dienst ergraut und mit diesem leicht anzüglichen Blick älterer Männer.

Er predigt, doziert und schwingt große Reden. In seinem linken Mundwinkel hat sich Speichel angesammelt, und seine Lippen umspielt ein Lächeln. Kurz vor der Zielgeraden schaut er glücklich wie ein Papst durch seine viereckige Brille mit den entspiegelten Gläsern auf das Paar, das er gleich trauen wird.

Der Pfarrer geht um den Altar herum und steigt sicheren Schrittes die drei Stufen hinunter, um für das Finale in Position zu gehen. Wie durch ein Wunder wird er bei seiner Show von der grellen Sonne verfolgt. Die Strahlen durchdringen die Kirchenfenster und erhellen die Szenerie genau in dem Augenblick, als er das Brautpaar traut.

Alice hat auf einen Schleier verzichtet.

Sie trägt ein eng anliegendes Etuikleid. Ein Schnitt, für den sich Frauen mit runden Kurven und schmaler Taille gern entscheiden. Das elegante lange Kleid ist mit feiner Spitze besetzt.

Es hat einen tiefen V-Ausschnitt auf dem Rücken, um den Anwesenden einen Blick auf ihre wohlgeformten Schulterblätter zu gewähren. Der gerade geschnittene Rock, der wie angegossen sitzt, verdeckt ihre schmalen Füße in den Pumps der naiven kleinen Prinzessin, die an diesem großen Tag im siebten Himmel schwebt.

Alice heiratet zum zweiten Mal. Beim ersten Mal vor elf Jahren hat sie mich geheiratet, allerdings nur standesamtlich. Über die Kirche haben wir damals auch gesprochen, doch ich konnte sie überzeugen, darauf zu verzichten und Gott nicht in die Sache hineinzuziehen.

Sie war damit einverstanden gewesen, nicht am Arm ihres Vaters und gefolgt von einem Schwarm Brautjungfern mit unerschütterlichen Mienen in die Kirche zu schreiten. In einem weißen Kostüm unterschrieb sie stattdessen nur im Standesamt die Heiratsurkunde, und das war alles. Sie hat mir nie das Gefühl gegeben, dass ich ihr den Kleinmädchentraum zerstört habe, eines Tages in einem hinreißenden weißen Brautkleid zu heiraten und mit klopfendem Herzen zu ihrem Prinzen an den Altar zu treten.

Angesichts der vielen Menschen, die gekommen sind, um die großartige Trauung dieses Paares zu feiern, denke ich daran, wie viel Mühe Alice sich bei den Vorbereitungen gegeben haben muss. Ich denke auch an ihre ungeheure Freude, sich mit über dreißig endlich die romantischen Kindheitsträume zu erfüllen und in die bessere Gesellschaft einzuheiraten.

Irgendwann zwischen dem Antrag des Neuen und dem großen JA, das sie soeben klar und deutlich ausgesprochen hat, sodass ihre makellosen weißen Zähne zu sehen waren, wird sie gezwungenermaßen auch kurz an mich oder zumindest an uns gedacht haben.

Für sie ist es also an diesem Samstag, dem elften

September, das zweite Mal, und vermutlich kommt ihr das alles recht bekannt vor. Sicher, dieses Mal findet die Trauung in einem weniger bescheidenen Rahmen statt. Es geht feierlicher und auch stilvoller zu, doch letztendlich gibt sich das Paar dasselbe schwachsinnige Versprechen ewiger Liebe in guten wie in schlechten Zeiten.

Wenn man sich die Zeit nimmt, zwei Sekunden innezuhalten, und bedenkt, dass sie mit mir die schlechten Zeiten schon erlebt hat, kann sich meine Exfrau in ihrem neuen Leben als wiederverheiratete Frau wohl auf Zeiten reinster Glückseligkeit freuen und die Arme einer verheißungsvollen Zukunft entgegenstrecken.

Stolz wirft sie sich am Arm ihres François in die Brust. Man sieht ihm an, dass er ein Sieger des in Limoges ausgetragenen Triathlons ist: Arme wie meine Oberschenkel, Oberschenkel wie mein Oberkörper. Ein Investmentbanker in der Londoner City, vierzig Jahre alt, ein wenig lichtes Haar, aber nicht allzu sehr, ein breites Gesicht, perfekt renovierte Zähne und das Gehalt eines Vorstandsvorsitzenden eines großen französischen Unternehmens.

Alice hat mir einmal erzählt, dass er in diesen mageren Jahren fast eine Million Dollar pro Jahr plus Bonuszahlungen verdient habe. Daher also die gesamte Kleidung für den großen Tag von Dior, Anzug, Hemd, Krawatte, Socken und Schuhe – idiotisches Outfit fantasieloser Leute.

Er sieht tatsächlich ein bisschen dümmlich aus, dieser Spekulant und Bodybuilder, in seinem Anzug eines Neureichen, als er ihr mit ergriffener Miene diesen über und über mit Diamanten verzierten Ehering aus Weißgold an den Finger steckt.

Kaum war das JA ertönt, brach tosender Beifall aus, sogar einige fröhliche Pfiffe waren zu hören. Durch das laute Echo entstand der Eindruck, es hätten sich zehnmal so viele Menschen hier versammelt, doch es ließ die Mauern nicht erbeben, denn die Kirche ist stabil gebaut.

Lachen und erneuter Gesang, und wieder klingt die Orgel, als gehöre sie nicht hierher. Sie legt sich ins Zeug, um das Spektakel zu begleiten, und schließlich gelingt es ihr, bei dieser Veranstaltung den Ton anzugeben.

Als ich die Hand von Laurence auf meiner Schulter spüre, atme ich tief ein, um zu überspielen, dass ich einen Schreck bekommen habe.

3

»Kommst du, mein Schatz? Es ist alles fertig.«

Laurence hat nichts bemerkt, dank der Tastenkombination »Apfel-N« auf meinem MacBook. Eine Funktion, die Typen wie mir den Arsch rettet. In weniger als einer Sekunde wird ein neues Fenster geöffnet, das die verbotene Datei verdeckt. Problemlos und ohne Risiko wird irgendeine uninteressante Seite von Google gezeigt. Die Vorteile liegen auf der Hand: die Gewissheit, nicht erwischt zu werden, mein Geheimnis zu wahren und mein schändliches Verhalten, meinen Voyeurismus und meine schlecht verheilte Wunde zu verbergen. So bietet sich mir die Möglichkeit, meine Trauer am Leben zu halten und mich weiterhin heimlich nach Alices Leben zu erkundigen.

Alice, die ich von heute auf morgen wegen eines

dummen Flirts und eines sexuellen Abenteuers mit einer naiven Schönheit verlassen habe – diesem Typ Frau, auf den Männer eben fliegen. Alice: unsere Trennung, ihre Wut, meine Affäre, meine Reue, meine Gewissensbisse, die Mutter meiner Kinder, die Frau meiner Träume, meine große Liebe.

Die wenigen Male, die sie sich seit unserer Scheidung dazu herabgelassen hat, mit mir zu sprechen, habe ich tief in meinem Inneren gespürt, dass sie nicht anders kann, als mir fast alles vorzuwerfen und zugleich auch das Gegenteil von allem. Ich spüre, dass sie nicht mehr bereit sein wird, mit mir über Persönliches zu sprechen und sich in aller Ruhe in trauter Zweisamkeit an die schönen Dinge zu erinnern.

Meine weinerliche Sentimentalität führt zu nichts, wenn ich Alice mit ihrer versteinerten Miene und der kugelsicheren Weste gegenüberstehe. Ich habe ihre Gefühle mit Füßen getreten und ihr keine andere Wahl gelassen, als sich in ein kaltherziges Monster zu verwandeln. Mit der Zeit vergeht alles, bis auf den Groll meiner Exfrau.

Welche Vorteile ich mir von meiner Trickserei letztendlich verspreche, weiß ich nicht. Jedenfalls wollte selbst Alices soziales Netzwerk mich nicht zum Freund haben.

Hingegen wollte sie die Freundschaft ihrer Tochter, unserer großen Tochter.

Die zehnjährige Alma war entsetzt, dass ihre Mutter verlangte, ihre Freundin bei Facebook zu werden.

»Entweder, du akzeptierst mich auf Facebook als Freundin, oder ich konfisziere deinen Computer.«

Gibt es diese einseitigen Freundschaften in allen Familien?

»Alma, ich will einfach nicht, dass du dich im Internet mit jedem anfreundest. Ich habe dir doch erklärt, dass sich Erwachsene mitunter als Kinder ausgeben, um sich mit kleinen Mädchen zu treffen und ihnen dann etwas anzutun.«

»Ich hab's verstanden, Mama. Ist okay. Du brauchst mir keinen Vortrag über Pädophile zu halten.«

In diesem Zusammenhang kam mir die Idee.

Wenn Alice sich die Möglichkeit einräumen will, meine Tochter vollkommen ungestraft auszuspionieren, warum sollte ich dann nicht das Recht haben, dasselbe mit ihr zu machen?

In der Familie – oder dem, was davon übriggeblieben ist – spioniert jeder jeden aus. Einige wissen es und andere nicht: Willkommen-im-Leben.com.

Um die Wahrheit vor Alice zu verbergen, musste ich Alma belügen und heimlich ihr Passwort knacken. Das war die einzige Möglichkeit, auf ihr gesamtes Profil zugreifen zu können und heimlich in ihr Leben einzudringen, während ich dabei in meinem neuen Tarnanzug unsichtbar bleibe.

»Was machst du da, Papa?«

»Ein alter Freund hat mich gebeten, auf seine Facebook-Seite zu gehen, aber ich hab kein Konto. Darf ich deins benutzen, mein Schatz?«

»Ein Freund also?«

»Alma!«

»Na gut, Papa, du kannst dich kurz bei mir anmelden, aber niste dich bloß nicht auf meinem Profil ein, okay? Das sind alles persönliche Dinge, und ich will nicht, dass du auf meiner Pinnwand herumschnüffelst. Ich hab schon Mama am Hals, und jetzt auch noch dich, das kommt gar nicht infrage.«

Ich hielt Wort und schrieb mir das Passwort auf ein Post-it. So kehrte ich durch eine kleine Hintertür in Alices Leben zurück. Jetzt kann ich sie durch diesen virtuellen Spion fast jeden Tag sehen und erfahre einige Details aus ihrem Leben. Ich lese idiotische und uninteressante Kommentare, die auf ihrem Profil gepostet werden. Ich spüre ihren Puls und lausche ihrem Herzschlag. Aus der

Ferne höre ich wieder etwas von Leuten, die ich früher gut gekannt habe. Jetzt existieren sie für mich praktisch nicht mehr und sind mit allem anderen im Massengrab unserer Trennung gelandet.

Ich erfahre Neues, entdecke ungekannte Seiten an ihr, lasse meiner Fantasie freien Lauf, wünsche mir, an der Stelle des anderen zu sein, ziehe Schlüsse, projiziere meine Gefühle auf ein Phantom und setze indirekt einen Teil meines Lebens mit ihr fort.

Eines Morgens wurden die Fotos eines Anderen auf Facebook veröffentlicht, ein Mann wurde dem Rest der Welt offiziell vorgestellt. Diese großartige Präsentation führte mir vor Augen, dass man sich von allem im Leben erholt und dass das Herz eine nicht totzukriegende Eidechse ist, deren Schwanz immer wieder nachwächst, egal, was passiert.

Es ist stärker als ich. Ich sitze vor meinem Computer und schaue mir immer wieder den Videofilm ihrer Trauung an. Die Kirche ist an diesem Septembertag so gut mit Menschen gefüllt wie ein dickes Schokoladenosterei mit Pralinen.

Ich kenne jedes Detail des Films, den François am 12. September 2010 ins Netz gestellt hat. Der neue Ehemann ist ein Computerfreak. Kaum wachte er nach der Hochzeitsnacht auf, da stellte er schon den Videofilm ins Internet.

Früher zeigten die Männer am Fenster die Laken mit dem Blut der Jungfrau, die sie entjungfert hatten. Heutzutage stellen sie eine QuickTime-Datei ihrer kirchlichen Trauung ins Netz.

Ich finde, Alice sieht in ihrem Kleid einfach umwerfend aus.

Ich hätte Ja sagen sollen zu einer solchen Zeremonie. Das hätte vielleicht nicht viel geändert, aber zumindest könnte ich dann in einem Fotoalbum mit Schwarz-Weiß-Bildern blättern, einem Kultobjekt und Dokument des gebrochenen Treueschwurs.

Noch ein Grund zur Klage:

Ich käme mir mit Sicherheit alt und hässlich vor – ein Bier in einer Hand und mein zerbrochenes Herz in der anderen.

Während ich immer und immer wieder in die ungläubige Miene des Neuen schaue, schießen mir viele Fragen durch den Kopf.

Meine Töchter tragen reizende weiße Kleidchen mit großen Schleifen, und ich finde sie sehr hübsch als Brautjungfern. Mit den Blumenkränzen auf den Köpfen bezeugen sie auf ihre Art Hand in Hand die zweite Eheschließung ihrer Mutter.

Sie müssen es über sich ergehen lassen, dass ihre Mutter und ihr abscheulicher, protziger Stiefvater sich gegenseitig ewige Liebe schwören, bis dass der Tod sie scheidet. Diese verdammte Tradition!

Ja, Alma und Claire sind reizend in ihren Rollen als Musterkinder, die alles akzeptieren und sich dennoch von nichts täuschen lassen.

Eine ungeheure Zärtlichkeit schnürt mir die Kehle zu, als der Kameramann sich endlich entschließt, eine Nahaufnahme von ihnen zu machen. Sie sehen wirklich aus, als würden sie sich fragen, warum sie in dieser blöden Kirche stehen und zusehen, wie ihre naive Mutter unbekümmert dem Leben entgegenlacht.

Alma und Claire sollen hundertmal aufschreiben: Eine Ehe führt nur zu Liebeskummer.

Mit einem großen griechischen Salat kommt Laurence aus der Küche. Draußen scheint die Sonne wie im Mai, doch es ist kalt wie im Dezember. Das Licht durchdringt alles und erhellt ihr Gesicht.

Diese Szene ist kein aus dem Internet gestohlener Videoclip. Diese Szene ist real. Sie gehört zu meinem zweiten Leben. Auch ich habe im Videospiel meines Lebens das Recht auf eine zweite Chance.

In ruhigem, ernstem Ton bittet sich mich, die Flasche Rotwein zu öffnen.

Als ich den Korken aus der Flasche ziehe, schaue ich aufmerksam in ihre liebevollen braunen Augen, die golden schimmern.

Laurence trägt ihr schwarzes Haar meistens zu einem Knoten frisiert. Wenn wir zu Hause, im Restaurant oder bei Freunden essen, macht sie sich vorher immer einen Knoten. Sie weiß, dass dieses Detail für mich von größter Bedeutung ist. Ich liebe es, wenn sie sich mit ihren schmalen Händen in den Nacken greift und ihre üppige, seidige Mähne mit Daumen und Zeigefinger umfasst, ehe sie sie, ohne hinzusehen, mit einer schnellen, geübten Drehung zu einem Knoten zusammenfasst, aus dem sich immer ein paar Haarsträhnen herauslösen. Und es gefällt mir, wenn sie plötzlich einen langen Holzstab hervorzaubert und ihn geschickt durch den Knoten schiebt.

Auf diese Weise enthüllt sie ihren anmutigen Nacken mit den vier sternförmig angeordneten Muttermalen – der obere Teil des Sternbildes, das ihren Körper ziert. Zwei lockige Strähnen auf beiden Seiten des Gesichts, die dessen hübsche Symmetrie ein wenig variieren, vollenden das Bild.

Dann wirft mir diese wunderbare Frau einen

verführerischen Blick zu. Seit sechs Monaten sind wir zusammen und lernen uns gerade ein bisschen besser kennen.

4

In einer großen marineblauen Strickjacke über einer rosafarbenen Bluse und mit einem Seidenschal um den Hals sitzt Mouna im Speisesaal allein an ihrem Tisch.

Rings um sie herum sprechen einige laut, andere brüllen, grölen oder sind stumm und starren mit leerem Blick in die Ferne. Sie sitzen auf den zu harten Stühlen oder zusammengesunken in Rollstühlen – gewissermaßen dem Pendant der Hochstühle der Kleinkinder. Das Klirren der Gabeln und Stille. Es wird viel gesprochen, um nichts zu sagen. Das ist das Prinzip an solchen Orten.

Mouna hat ihre Launen, und heute steht ihr nicht der Sinn danach, über Gott und die Welt zu plaudern. Sie weiß, dass dir in dieser Nobelherberge dein Tischnachbar einen Einblick in die Hölle gewährt, wenn er dir schonungslos vor

Augen führt, wie du vielleicht morgen sein wirst. Einige verfehlen mit der Gabel den Mund oder spucken mit Tränen in den Augen die matschigen Klößchen oder Stücke des Karottengemüses aus.

Ihre Silhouette mit dem gekrümmten Rücken und dem Kopf, der unmittelbar auf den Schultern zu sitzen scheint, ähnelt einer Sonne, die in einem Tal zwischen den Bergen versinkt. Mounas weißes Haar ist perfekt frisiert. Ich schätze, dass sie heute um halb elf eine neue Wasserwelle bekommen hat. Ihre Haarpracht erinnert an Zuckerwatte, an eine Wolke, die ein Kind mit einem Filzstift gemalt hat, eine Installation moderner Kunst. Ich hätte große Lust, mit beiden Händen hineinzugreifen und meine Abdrücke dort zu hinterlassen.

Wie immer steht ihr Gehstock mit dem Holzknauf in Form eines Pferdekopfes rechts neben ihr, neben der Handtasche. Ihre Tasche ist leer. Die Ausweise der Bewohner werden an der Rezeption aufbewahrt, Geld ist verboten, und niemand hat das Recht, das Altenheim ohne die Begleitung von Angehörigen, Freunden oder Bekannten zu verlassen.

All das weiß Mouna, aber sie hängt an ihrer Handtasche und würde sich niemals von ihr trennen. Es gefällt ihr, die Tasche über der Schulter zu spüren, wenn sie sich von einem Ort zum anderen begibt. Ansonsten gibt es nichts, was man meiner Großmutter stehlen könnte. Ihr wertvollstes Gut ist ihre Seele, und auch wenn Mouna aus der Ferne schon etwas angekratzt aussieht, hat sie sich ihre Würde bewahrt. Von den Engeln auserwählt und vom Himmel gesegnet, schwebt sie wie eine weiße Fahne am Horizont.

An ihren Ohrläppchen hängen silberne Creolen, die im Licht glitzern. Mouna legt sie niemals ab.

Aber das Wichtigste für die Mutter meines Vaters ist mit Sicherheit ihr Mund. Mouna verhandelt nicht über Lippenstift. Sie verlässt ihr Zimmer niemals ohne ihren Lippenstift aus der Serie »L'Absolu Rouge« von Lancôme, diese wie eine kleine Rakete geformte Waffe einer Frau. Mit ihren von Äderchen durchzogenen und von der Arthrose gekrümmten Fingern trägt sie den Lippenstift auf ihre vollen Lippen auf. Sie sind noch immer sehr schön geschwungen und haben den Alterungsprozess fast unbeschadet überstanden.

Nichts zittert mehr an ihrem Körper, wenn sie vor einem Spiegel steht, den Lippenstift herausdreht, ihn aufträgt und die Konturen ihres Mundes nachzeichnet, ohne jemals die Ränder zu übermalen. Anschließend presst Mouna die Lippen aufeinander, um die Farbe gleichmäßig zu verteilen.

Sie isst gerade die letzten Bissen ihres Lammrückens in Kräuterkruste mit Frühlingsgemüse. Ich setze mich ihr gegenüber, bevor die Käseplatte gebracht wird.

»Schön, dass du gekommen bist.«

Wir umarmen und küssen uns.

Ihre Haut ist noch immer so zart wie die eines Säuglings. Ich drücke meine Nase auf Mounas zerknitterten Hals, um ihren Duft zu riechen, und sehe, dass das Parfum noch in den Falten schimmert. Ein bisschen italienische Bergamotte, eine Spur Jasmin, Gardenie, Tuberose und Orangenblütenöl. Das Parfum passt zu ihr: fröhlich, sinnlich und vor allem gewagt.

Mouna flüstert mir das Tagesdessert ins Ohr.

»Macarons mit Schokoladen-, Karamell- und Bananencremefüllung.«

»Du hast schon immer gerne Desserts gegessen.«

»Das stimmt, auch wenn das Essen hier scheußlich schmeckt. Und diese ganzen Alten verderben mir den Appetit.«

In dem Jahr, als Mouna in dieses Altenheim gezogen ist, wurde ganz in der Nähe eine Fernfahrerraststätte eröffnet. Jeden Tag zur Mittagszeit werden dreißig Gedecke auf die mit Blümchen gemusterten Tischdecken gestellt. Der Milchreis dort schmeckt hervorragend. Seit zwei Jahren bieten sie dasselbe Menü für neun Euro an. Vorspeise, Hauptgericht, Dessert, Café und ein kleiner Krug offener Rotwein. Das ist ein guter Preis, und an schönen Tagen hole ich Mouna gerne ab, um zur Abwechslung dort mit ihr essen zu gehen.

Meine Großmutter ist unschlagbar, was die Menüs in ihrer Kantine betrifft. Ich frage mich, ob sie sie auswendig lernt, damit ihre Gehirnzellen nicht einrosten, weil sie Angst hat, eines Tages bei den Gebrechlichen auf der dritten Etage zu landen.

Montag: gebratene Scampi und Tomaten-Artischocken-Concassée.

Dienstag: geraspelte Karotten mit zerbröseltem Eigelb.

Mittwoch: Spargel mit Sauce Vinaigrette.

Donnerstag: Rote Bete mit Schalotten.

Freitag: Melone.

Samstag: Tomaten mit Mozzarella.

Sonntag: Avocado mit Krabben und Cocktailsauce.

»Das sind die Vorspeisen. Ich könnte dir auch die Hauptgerichte und die Desserts aufzählen.«

5

Im Haus schlafen alle. Wir haben uns bei Laurence noch nicht richtig eingelebt, aber theoretisch sind wir jetzt hier zu Hause. Alma und Claire haben sich provisorisch in ihrem Zimmer eingerichtet, und ich habe schon einige Automatismen entwickelt.

Mit ihren beiden Ehen und den drei Kindern von drei verschiedenen Männern widersetzt Laurence sich den gesellschaftlichen Normen. Um was auch immer es gehen mag, sie hat ihre eigenen Vorstellungen und telefoniert regelmäßig mit ihren Exmännern.

Harmonie bedeutet ihr alles. Daher ist sie bemüht, nach vorn zu schauen und ihre Vergangenheit als Einheit und als Bereicherung zu betrachten, indem sie sich nur an das Schöne erinnert – das genaue Gegenteil von mir.

Es ist nicht leicht, Laurence zu beschreiben. Sie ist eine außergewöhnliche, lebenshungrige Frau, die das Leben in vollen Zügen genießt.

Es gelingt ihr hervorragend, alles unter einen Hut zu bringen: ihre Kinder, mich, die Väter ihrer Kinder und ihre eigenen Interessen. Laurence hätte den Nobelpreis für Familienfrieden verdient. Noch Jahre später setzt sie bei den Männern, die sie einst geliebt hat, immer ihren Willen durch. Ihre Exmänner haben sie schrecklich gern, und das weiß sie zu schätzen. Keiner dieser Männer hegt Groll in seinem gebrochenen Herzen, denn Laurence findet immer die richtigen Worte. Ihre Devise ist es, sich niemals umzudrehen und einfach mit dieser unbändigen, instinktiven Kraft vorwärtszuschreiten: die Trennungen beherzt zu überwinden und sich zu bemühen, dass niemand allzu sehr leidet. Und sich niemals mit einer Beziehung abzufinden, in der man sich gegenseitig das Leben schwer macht. Wegzugehen, ohne sich umzuschauen. Ihrem Anspruch treu zu bleiben und sich immer wieder auf einen neuen Partner einzulassen. Laurence ist eine Frau, die die Menschen liebt und mit allen einen liebevollen Umgang pflegt.

Sie ist zartbesaitet und kann jederzeit die Beherrschung verlieren. In dem Fall bleibt einem nichts anderes übrig, als sie gehen zu lassen und es hinzunehmen, dass sie wieder einmal einen anderen Mann liebt. Dann muss der nunmehr Ehemalige sich im Zimmer nebenan zu den anderen Exmännern gesellen und akzeptieren, dass er nicht mehr ihr Spielführer ist.

Ehe sie einschlief, flüsterte sie mir ins Ohr, dass sie mich brauche. Das macht mich stolz, auch wenn ich mich gefragt habe, für wie lange es wohl so sein wird. Es ist müßig, sich derartige Fragen zu stellen, aber es liegt in meiner Natur, es dennoch zu tun.

Und dann schlug sie mir etwas Sonderbares vor.

»Ich würde dir gerne die Väter der Kinder vorstellen. Ich möchte ein Treffen organisieren und offiziell bekannt geben, dass du nun der Mann an meiner Seite bist. Es ist mir wichtig.«

Anschließend drehte sie sich um und rutschte auf die linke Seite des Bettes. Seitdem wir uns kennen, hat sich daran niemals etwas geändert. Auch im Hotel schläft sie immer auf der linken Seite. Oder bin ich es vielleicht, der stets die rechte Seite für sich beansprucht? Und wenn ja, ist das ein Zeichen für irgendetwas?

Mit Alice war es ebenso. Zehn Jahre lang schlief sie auf der linken Seite und ich auf der rechten. Warum sollte sich daran jetzt etwas ändern?

Ob Alices neuer Ehemann wohl auf derselben Seite schläft wie ich?

Seitdem ich Laurence kennengelernt habe, lege ich das typische Verhalten eines allein erziehenden Vaters an den Tag. Ich bemühe mich, nicht wieder dieselben Fehler zu machen wie früher, und kann es doch nicht lassen.

Das sind die negativen Folgen einer Scheidung.

Man bricht aus dem Gefängnis aus und kehrt sofort wieder dorthin zurück. Anstatt die Situation zu nutzen, um ein paar flüchtige Liebesabenteuer zu erleben.

Typen wie ich sind darauf getrimmt, in einer Ehe zu leben. Trotz meiner Ablehnung stereotypen Verhaltens habe ich bestimmte Gewohnheiten schnell wieder angenommen. Laurence war keine große Hilfe: Nach zwei Monaten bot sie mir die in Geschenkpapier eingewickelten Schlüssel für ihre Wohnung an. Meiner Meinung nach ging das ziemlich schnell, aber ich nahm sie an.

Die leidenschaftlichen Freiheitsträume meiner Jugend habe ich in einen Karton gepackt. Und so lebe ich kaum ein Jahr nach der Scheidung wieder genau so wie in der Zeit meiner Ehe.

Von Anfang an war ich darauf bedacht, nicht neben die Toilette zu pinkeln. Wenn man verliebt ist, bemüht man sich, richtig zu zielen, und ich denke sogar daran, die Badewanne nach dem Duschen auszuspülen. Wenn Alice mich sehen würde, würde sie mich ohne Weiteres als Arschkriecher bezeichnen. Und das Schlimmste ist, dass sie recht hätte.

Zu Beginn einer Beziehung heuchelt man gern. Man verbirgt seine Schattenseiten und seine schlimmsten Fehler. Man hält den anderen für einen Ferrari und ist dann enttäuscht, dass er nur den Motor einer Ente hat.

An diesem Abend nutze ich die Stille, um mir Fotos anzuschauen. Laurence schläft schon. Endlich sind die Fotos von Alices Hochzeitsreise auf ihrer Facebook-Seite verfügbar.

6

Sechs Monate nach dem Tod ihres Mannes beschloss Mouna, in dieses Altenheim zu ziehen.

Eigentlich sollte mein Großvater in das Heim eingewiesen werden, weil der Arme allmählich den Verstand verlor. Eines Morgens wollte er nicht mehr aufstehen, sich an einem anderen nicht mehr waschen, dann nichts mehr essen, nicht mehr sprechen, und so ging es weiter.

Der Arzt diagnostizierte eine schwere Depression und überwies ihn zur Behandlung in ein Krankenhaus. Die Pflegekräfte mussten seine Arme festbinden, damit er sich mit der wenigen Kraft, die er noch hatte, nicht die Infusionen herausriss. Niemand wollte es zugeben, aber mein Großvater hatte beschlossen zu sterben, und irgendwann würde er sich die Schläuche, die überall aus seinem Körper ragten, mit Sicherheit ausreißen.

Vierzehn Tage nach seinem Krankenhausaufenthalt kehrte mein Großvater nach Hause zurück. Er sprach kein einziges Wort mehr. Er war abgemagert und kaum wiederzuerkennen, vollkommen reglos und leichenblass. Es gab keine Diskussion. Mouna war sofort einverstanden, als mein Vater ihr vorschlug, den Großvater in der Résidence des Lilas unterzubringen, wo er wie durch ein Wunder sofort aufgenommen wurde. Dank der Beziehungen eines Bekannten konnte mein Großvater den noch warmen Platz eines neunzigjährigen Heimbewohners übernehmen, der zur Kaffeezeit in seinem Bett verstorben war. Mouna hatte sich an den Gedanken gewöhnt, dass ihr Ehemann nicht mehr nach Hause zurückkehren würde. Sie riss sich zusammen, von ihrem wahren Gemütszustand ließ sie sich nichts anmerken. Gemeinsam mit meinem Vater ging sie die Anweisungen durch, die ihnen die Heimleitung zugeschickt hatte. Niemand ahnte, dass die Pantoffeln meines Großvaters niemals neben seinem Bett im Altenheim stehen würden.

Als meine Großmutter eine Woche vor dem geplanten Umzug einmal nicht zu Hause war, nutzte ihr Ehemann die Gunst der Stunde und quälte sich aus dem Bett. Er stieg heimlich die Kellertreppe hinunter, steckte sich einen Gewehrlauf in den Mund und drückte ab.

Nach ihrer Rückkehr fand Mouna ihn – den Leichnam in einer Ecke, den Kopf in einer anderen und ringsherum eine große Blutlache. Mein Vater kümmerte sich um alles. Er machte auch eine Reinigungsfirma ausfindig, die auf derartige Säuberungsarbeiten spezialisiert war. Überall im Keller klebten Fetzen des alten Mannes, sogar hinter dem großen Schrank, in dem die Marmeladenvorräte aufbewahrt wurden.

Sein Selbstmord traumatisierte alle.

Als der Sarg an dem trüben, kalten Novembertag in das Grab hinabgelassen wurde, vergoss Mouna schließlich doch eine Träne. Damals wusste ich nicht, dass es keine Träne der Trauer war, sondern der Beginn einer jahreszeitlich bedingten Erkältung. Was ich ebenfalls nicht wusste: Auch Mouna hatte in gewisser Weise längst Selbstmord begangen. Ich ahnte nicht, dass sie ihr Herz sechzig Jahre zuvor begraben hatte und dass ihre Gebete seitdem nicht mehr zum Himmel aufstiegen. Dieser Tag war für sie eine kleine Revanche.

Ihr Vorschlag, den Platz ihres Ehemannes in der Résidence des Lilas zu übernehmen, wurde sofort aufgegriffen. Der Heimleiter zeigte sich sehr kooperativ. Natürlich hatte er das Zimmer, das durch den Tod meines Großvaters wieder frei geworden war, ohne dass er es jemals bewohnt hatte, bereits wieder vermietet. Als der Heimleiter der Familie sein Beileid bekundete, versprach er aber, dass er gerne bereit sei, jemanden aus der Familie in seinem Heim aufzunehmen, falls erneut Bedarf bestehe und die Umstände es zuließen. Er warf Mouna einen verschmitzten Blick zu und fügte hinzu, sie kenne ja nun den Weg und sei jederzeit willkommen.

Sie war es dann, die zum Hörer griff und bat, den Heimleiter sprechen zu dürfen. Sechs Monate nach der Beerdigung standen auf dem Schild des Zimmers 220 ihr Vor- und Nachname, und wir brachten ihre Sachen ins Heim.

Am Tag ihres Umzugs waren wir alle recht entspannt. Nichts war zu spüren von jener trüben Stimmung, die oft in solchen Situationen herrscht, weil man die »Alten« in ein Heim gesteckt hat und sich gegenseitig Vorwürfe macht, obwohl alle im Grunde ihres Herzens erleichtert sind. Keiner von denen, die weinen und von Mitleid erfüllt sind, hat nämlich die geringste Lust, sich seine »Alten« dauerhaft aufzuhalsen, die betteln, dass sie wieder nach Hause wollen, und die nicht verstehen, was mit ihnen geschieht. Niemand möchte sich der schwierigen Situation stellen und dabei zusehen, wie der andere langsam stirbt.

Schließlich quälen die Kinder Schuldgefühle.

Mein Vater jedoch war an diesem Tag völlig entspannt. Wenn jemand ihn auf diese umwälzende Veränderung ansprach, erinnerte er gerne daran, dass es die Entscheidung seiner Mutter war, ihr eigener Wille, und dass sie schon lange volljährig sei.

Mouna lächelte verhalten, als wollte sie uns signalisieren, dass diese Entscheidung, die sie – zugegebenermaßen schweren Herzens – getroffen hatte, für sie eine Möglichkeit war, selbst über ihr Schicksal zu bestimmen. Den Kindern den tragischen Moment zu ersparen, sie eines Tages, wenn sie nicht mehr bei klarem Verstand sein würde, in ein Heim zu stecken und die Aufgabe zu übernehmen, die Tür ihres Wohnhauses für immer zu verschließen.

Gewissermaßen war sie der wenigen Zeit voraus, die ihr noch blieb. Und niemand hatte das Bedürfnis, mehr zu erfahren.

Sind wir auf diese große Veränderung in unserem Leben vorbereitet? Eines Tages die Eltern unserer Eltern zu werden? Ohnmächtig zuzusehen, wenn sie vor unseren Augen kraftlos zu Boden sinken? Sie zu füttern? Sie zu waschen und anzukleiden? Ihnen als Stütze zu dienen, ehe man anderen die ehrenvolle Aufgabe überträgt, sie abends zuzudecken, sie in der Nacht zu trösten, sie zu versorgen und zu beschützen, weil wir nicht mehr die Kraft dazu haben und schon gar nicht die Zeit?

7

Eine azurblaue Lagune, 27 Grad Wassertemperatur, Korallenriffe, feiner Sandstrand, ein auf Pfählen errichteter Bungalow. Das typische Ambiente eines Robinson-Clubs, eine Suite XXL, ein großes Doppelbett mit sechs Kopfkissen. Auf dem Monitor sehen die kleinen roten Kissen so flauschig aus wie der Flaum von Küken. Leinenbettwäsche, Moskitonetze und auf der Terrasse ein in den Boden eingelassenes Bullauge, damit man den Barschen bei ihrer Jagd nach Papageienfischen zusehen kann.

Das Only One ist ein Aschram für Reiche inmitten des türkisblauen Indischen Ozeans. Fünfunddreißig Kilometer vom internationalen Flughafen entfernt liegt in paradiesischer Lage diese exklusive, beeindruckende Hotelanlage, der das Konzept aller Robinson-Clubs zugrunde liegt.

Alice hat auf ihrer Facebook-Seite einen ersten Kommentar gepostet: »Der Zauber beginnt, sobald man aus dem Flugzeug steigt. Und die Reise geht gleich weiter. François hat mich mit einer Überfahrt an Bord einer siebzehn Meter langen Luxusjacht überrascht. Der reinste Wahnsinn. Der Kapitän hatte Ähnlichkeit mit Tom Cruise.«

Das Album, das sie gerade veröffentlicht hat, ist ein Fest für die Sinne.

Zwei Palmen vor dem Whirlpool dienen als Sichtschutz. Durch die geöffneten Glasschiebetüren weht die Meeresbrise in den Bungalow. Unter einem Sonnenschirm aus Stroh steht ein Korb mit exotischen Früchten. Wie gespreizte Schenkel sind zwei Liegestühle aus Teakholz auf einem kleinen, leicht geneigten Steg in der prallen Sonne angeordnet. Hinter dem Bungalow liegt der Swimmingpool des Hotels. Das viereckige Becken fügt sich harmonisch in die wolkenlose Weite ein und scheint mit dem Meer zu verschmelzen.

Der Abend ist ein einziges Feuerwerk. Die Palmen sind mit Lichterketten geschmückt, und die Tische im Restaurant werden von Fackeln erhellt.

Alice und François lassen sich im Licht einer Fackel einen Hummer schmecken. Sie trinken schon die zweite Flasche Wein. Der neue Ehemann meiner Frau ist krebsrot.

Zweiter Kommentar: »Das Paradies der Verliebten ist ein Geheimtipp für Hochzeitsreisende. Wir treffen viele Paare, die ihre Flitterwochen hier verbringen. Beim Frühstücksbüffet sehen alle glücklich aus. François hat nur Augen für mich. Er ist so süß.«

Offenbar schwebt Alice im siebten Himmel, und der Beginn ihres neuen Lebens regt zum Träumen an. Dieser Schwachkopf folgt ihr auf Schritt und Tritt. Er fotografiert seine Ehefrau aus allen Blickwinkeln. Die Urlaubsfotos sehen aus, als stammten sie aus einem Reisekatalog.

Alice ist der Nabel der Welt.

Ein Foto meiner Exfrau in einer Hängematte. Der aufreizende rote Nagellack der Finger- und Fußnägel ist auf die Farbe des Lippenstifts der jungen Braut abgestimmt, die wie die knallrote Schminke eines Clowns leuchtet. Sie trägt ein gemustertes, türkisfarbenes Seidentuch, um sich vor der Sonne zu schützen. Alice hat es sich wie ein Pirat um den Kopf gebunden. Ich erkenne das Tuch wieder. Amsterdam 2004. Ein fast leeres Hotel mit vier Sternen und einer fantastischen Aussicht auf den halb zugefrorenen Fluss. Sprühregen, minus vier Grad und wir beide unter einem Regenschirm. Die überdrüssige Miene der Verkäuferin, als sie der Schaufensterpuppe das Tuch abnimmt. Das Lächeln der dick eingemummelten Alice. Sie hatte Halsschmerzen, und ich habe ihr das Seidentuch fürsorglich um den Hals gebunden.

Erinnerungen.

Sie hätte dennoch etwas mehr Feingefühl beweisen können, indem sie darauf verzichtet hätte, mich auf diese Weise scheibchenweise in ihrem Koffer mitzunehmen.

Auch ihr weißer Bikini gehört ins Archiv und ist Teil unserer Hinterlassenschaft. Von dem tief sitzenden Shorty war sie sofort begeistert, doch bei dem Oberteil zögerte sie lange.

»Antoine?«

Ich war ihr keine Hilfe bei der Frage: Bandeau- oder Bügel-Top? Eine gute Viertelstunde stand sie vor dem Spiegel in der Kabine und war hin- und hergerissen. Alice konnte sich nie schnell entscheiden – das genaue Gegenteil von Laurence. Laurence reist mit leichtem Gepäck und schleppt ihre Erinnerungen nicht mit an den Strand. Sobald sie einmal beschlossen hat, sich von etwas zu trennen, setzt sie dieses Vorhaben mit Feuereifer um.

Während ich unerlaubt in Alices Leben eindringe, schläft Laurence in unmittelbarer Nähe. Kaum ein Meter trennt mich von der Feuereifrigen. Sie hat einen ruhigen Schlaf, während ich mich mit meiner Vergangenheit plage. Sie hat keine Ahnung von meinen schlaflosen Nächten.

»Man sollte nichts aus seinem früheren Leben behalten, wenn man sich entschlossen hat, neu zu beginnen.«

Laurence lässt mich nicht aus den Augen, während sie mir ihre Theorie erklärt.

»Nicht einmal die Kinder?«

Sie lächelt und reißt den Mund auf.

»Das ist etwas anderes. Kinder werden schon lange nicht mehr zu zweit in die Welt gesetzt, Antoine.«

»Wie bitte?«

»Kinder setzt man in erster Linie für sich selbst in die Welt. Das ist doch klar. Und wenn der andere irgendwann geht oder der Beziehung überdrüssig geworden ist, kann ich schließlich nichts dafür.«

An diesem Abend finde ich, dass Laurence recht hat. Man sollte weder Seidentücher noch Bikinis behalten und jedes Mal so tun, als hätte es den anderen niemals gegeben. Und von dieser Amnesie profitieren, um wirklich neu zu beginnen und an das Neue zu glauben. Wir sollten uns mit Überzeugung in die Höhle des Löwen wagen, unser

Herz noch einmal für alle Ewigkeit verschenken und dabei unsere Kleinen an die Hand nehmen, die uns fragend anschauen.

8

Sie schläft wie eine Tote.

Mit geschlossenen Augen liegt sie da, das Kinn in die Luft gestreckt, die Unterlippe leicht nach oben geschoben und den Kopf auf das weiße Kissen gepresst, als sollte ein Abdruck gemacht werden. Ich spüre, dass sich ihr Herzschlag allmählich verlangsamt und sich ihr Atem in ein leises Schnarchen verwandelt.

Nach dem Essen ist Mouna in ihr Zimmer gegangen, um einen Mittagsschlaf zu halten. In ihrem Alter ist ein Mittagsschlaf wichtig. Besonders, wenn man wie sie großen Wert darauf legt, nicht von anderen dabei beobachtet zu werden, wie man mit dem Kopf auf der Brust sabbernd in einem Sessel einschläft.

»Die Alten können sich nicht mehr richtig gerade halten. Nach dem Essen brechen sie zusammen.«

Sie ist davon besessen, ihre Würde zu bewahren.

Mouna hängt an ihrem Ritual und weigert sich, sich zu dieser Zeit abholen zu lassen. In der Mittagsstunde möchte sie sich ins Bett legen und sich fallen lassen, um die Kontrolle zu behalten.

Sie nimmt meine Hand in ihre und sagt:

»Bis gleich.«

Ich begleite sie ein kleines Stück und schaue ihr nach. So viele kleine Abschiede vor dem endgültigen Schritt ins Jenseits.

Ist der Mittagsschlaf eine Vorbereitung?

Wird meine Großmutter eines Tages während des Mittagsschlafes sterben und sang- und klanglos von uns gehen?

Sie sagt oft zu mir, dass sie morgen sterben wird, und auf diese Weise bleibt sie am Leben. Aber das ist es nicht, was ihr Sorgen bereitet. Ihre Sorge ist es, auf der dritten Etage zu landen, auf der Station, auf der die besonders schlimmen Fälle untergebracht sind.

»Stell dir vor, wie furchtbar das ist. Glaubst du, dass ich irgendwann bei den Verrückten lande?«

»Nein, Mouna.«

»Der Professor hat gesagt, dass die Frau von Zimmer 224 verlegt wurde.«

»Das wird nicht passieren.«

»Na ja, die Frau war wirklich total verrückt. Sie

hat sich geweigert, ihr Zimmer zu verlassen, und nachts ist sie aufgestanden und hat auf dem Gang herumgebrüllt. Alle Bewohner wurden wach. Sie war völlig weggetreten.«

»Weißt du, Antoine, das Alter hat keinen Wert.«

Mouna liebt diesen Satz. Sie hat recht, dass das Alter keinen Wert hat, außer vielleicht, den Kindern beizubringen, ihr Leben zu genießen, ehe sie auf der Warteliste der Résidence des Lilas stehen. Zu begreifen, dass man leben muss, ohne sich umzuschauen. Wir müssen beginnen zu vergessen, ehe uns das Gedächtnis im Stich lässt. Unseren Kopf von Ballast befreien, indem wir uns weigern, ständig an gestern zu denken, damit wir uns richtig auf das Morgen einlassen können.

9

Mouna freut sich immer sehr, wenn ich sie besuche. Ich bringe nicht nur Abwechslung in ihr Leben, sondern ich ermögliche ihr auch, die Aktivitäten in der Résidence des Lilas zu schwänzen. Wenn ihr Enkelsohn kommt, hat sie ein Alibi.

Das Leben meiner Großmutter ist genau strukturiert. Nach dem Mittagsschlaf treffen die Bewohner des Altenheims sich unten, um dort gemeinsam den Nachmittag zu gestalten und sich – wie es in der Broschüre heißt – an dem »geselligen Beisammensein« zu erfreuen.

In den drei Jahren ihres Aufenthalts hat Mouna schon ein paar Leute kennengelernt. Eine Agathe, eine Gilberte, eine Denise. Auch ein paar Männer, einen Paul, einen Bernard, einen Gérard. Meine Großmutter ist natürlich meistens mit denjenigen zusammen, die noch relativ rüstig sind und sich noch unterhalten können. Sie verbringt ihre Zeit mit Bewohnern, die noch Scrabble und Karten spielen können und die insgesamt bei guter Stimmung sind und nicht so viel Unsinn reden.

Von Bewohnern, die schwerhörig, dement oder vorübergehend inkontinent sind (die dauerhaft Inkontinenten werden direkt auf der dritten Etage untergebracht), hält sie sich lieber fern. Das hat eher etwas mit der Angst zu tun, eines Tages auch in diese Kategorie zu fallen, als mit Mangel an christlicher Nächstenliebe. Wenn meine Großmutter die Wahl hat, ist ihr die Gesellschaft der Schwerhörigen und der vorübergehend an Inkontinenz Leidenden immer noch lieber als die der von Gedächtnisschwund betroffenen Bewohner. Das übersteigt ihre Kräfte. Diese Leute bringen sie regelrecht aus der Fassung.

»Wenn sie ständig die Fragen wiederholen, regt mich das einfach auf. Ich bekomme Lust zu töten. Ich weiß, dass es nicht sehr freundlich ist, aber diese Krankheit ist schlichtweg die Hölle. Es wird höchste Zeit, dass die Forschung endlich Fortschritte macht.«

Meine Großmutter knüpft keine engen Freundschaften mehr, weil:

»Es kommt eine Zeit im Leben, da sollte man sich nicht mehr zu stark an jemanden binden. Bei den Beerdigungen holt man sich schnell eine Erkältung.«

Um sechzehn Uhr trainieren die Bewohner bei einem Tässchen Tee und Plätzchen ihre geistigen Fähigkeiten mit Gehirnjogging. Die Alten verbringen ihre Zeit mit vollem Mund, und es wird darauf geachtet, dass sie genug trinken.

Mouna findet die neue Freizeitgestalterin doof, und zu allem Übel sei sie auch noch hässlich. Céline hat Cléa ersetzt, die viel besser Geschichten vorlesen konnte.

»Cléa sah klasse aus. Die Neue ist irgendwie zu kurz geraten.«

Während des Vorlesens werden den Zuhörern Fragen gestellt. Die Bewohner sollen die Geschichten zusammenfassen und ab und zu Sätze vervollständigen. An manchen Tagen werden sie alle in eine Reihe gesetzt, als sollten sie erschossen werden. Die Freizeitgestalterin verteilt Texte trauriger Lieder und ermuntert die Senioren mitzusingen. Alle trällern aus voller Kehle die bekannten Lieder von Édith Piaf und Hugues Aufray, während die Musik der Chansonniers aus dem Lautsprecher hallt. Die Rollatoren stehen alle in einer Ecke. Die meisten haben Schwierigkeiten, dem Unterhaltungsprogramm zu folgen. Sie sehen müde, abgespannt und orientierungslos aus und sind mit den Gedanken ganz woanders.

Um sechzehn Uhr ähneln die Bewohner des Altenheims einer Gruppe Erstklässler.

Die Alten sind wie Kinder. Sie verlieren den Verstand wie die Kleinen ihre Kuscheltiere. Einige laufen in der Hoffnung, ihren Verstand wiederzufinden, hin und her. Wir klammern uns an die vage Hoffnung, dass sie das Puzzle wieder zusammenfügen können, wenn sie ein paar Teile finden. Doch irgendwann herrscht in den Köpfen der alten Leute nur noch Leere. Zuerst entstehen kleine, von Gras überwucherte Brachflächen auf der Landkarte ihres Gehirns. Später werden daraus grüne Oasen, dann große Parkanlagen und am Ende ausgedehnte Wälder, in die sich niemand mehr hineinwagt.

Auf den verschlungenen Pfaden des Alters gibt es immer mehr von diesen weißen Feldern, Sackgassen und geschlossenen Türen, und plötzlich besteht keine Hoffnung mehr. Kein Licht dringt mehr hindurch. Selbst die Neonlampen eines Krankenhauszimmers können sie nicht mehr dazu animieren, ein letztes Mal die Augen aufzuschlagen oder den gebrechlichen Körper zu bewegen. Das Feuer in ihren Herzen ist zu diesem Zeitpunkt längst erloschen. Das ist das Ende.

Hoffen wir wirklich, der Realität zu entfliehen, indem wir sie dazu anhalten, bei einer Tasse zu heißem Tee und zu harten Plätzchen irgendwelche dummen Sätze zu wiederholen? Wir möchten mit wenig Aufwand unser Gewissen beruhigen. Denn im Grunde erwischen wir uns mitunter dabei, dass wir davon träumen, sie zu beseitigen. Wir überlegen uns Lösungen – ein Kissen auf dem Kopf und eine Hand auf dem Mund – und beten zu Gott, dass sie das Feld räumen.

Die jungen Frauen, deren Aufgabe es ist, die Senioren zu unterhalten, haben ihre Lieblinge und solche, die sie nicht leiden können. Man darf es ihnen nicht verübeln. Wenn man seine Jugend damit verbringt, die Alten zu beschäftigen, muss man schon eine Schraube locker haben.

Ich finde, Mouna hat unrecht. So hässlich ist die neue Freizeitgestalterin gar nicht. Sie hat einen üppigen Mund, eine erfrischende Art und einen knackigen Po, der mitten unter all den verschrumpelten Wesen noch besser zur Geltung kommt. Wir werfen uns verstohlene Blicke zu.

Dann gehe ich mit Mouna hinaus. Wir spazieren über die Wiese und an den Apfelbäumen vorbei. Obwohl sie einen Gehstock benutzt, halte ich sie an der anderen Seite fest, weil ich Angst habe, dass sie mir entgleiten und hinfallen könnte. Ich habe das Gefühl, eine Mingvase von unermesslichem Wert zu transportieren, und versuche mich zu konzentrieren, während ich mich zugleich frage, ob Céline einen BH trägt. Das ist ein Gedanke, den ich meiner Großmutter wohl kaum mitteilen kann.

»Wenn du meinst, ich hätte das eben nicht mitbekommen, hast du dich geirrt. Schau der jungen Frau nicht ständig auf den Hintern. Ihr Männer seid wirklich alle gleich.«

»Mouna, ich habe ihr nicht auf den Hintern geschaut.«

»Hast du doch!«

So lange besuche ich meine Großmutter noch gar nicht in der Seniorenresidenz. Kurz vor meiner Scheidung habe ich sporadisch mal vorbeigeschaut, aber jetzt besuche ich sie regelmäßig.

Nach der Trennung von meiner Frau verspürte ich den Wunsch, mein Leben mit meiner Großmutter zu teilen. Es ist wohl so, dass man oft eine Generation überspringt, wenn man sich in seinem Kummer jemandem anvertrauen möchte. Genau das habe ich also getan und der Mutter meines Vaters mein Herz ausgeschüttet. Irgendwann begann ich, ihr in groben Zügen alles zu erzählen: Alice, die Hochzeit, die Scheidung. Zuerst habe ich versucht, sie ein bisschen zu schonen, weil ich überzeugt war, dass sie den Kummer des verwöhnten Kindes nicht verstehen würde. Später wurde ich deutlicher, und schließlich folgten präzise Schilderungen. Meine Großmutter reagierte immer gleich, bewertete mich niemals und gab keine Kommentare ab. Sie sagte nicht »du musst« oder »du solltest«, sondern lächelte nur und hörte mir schweigend zu. Innerhalb eines Jahres wurde Mouna meine Vertraute, meine Seelentrösterin und mein Kummerkasten. Sie ist die Einzige, die die Wahrheit kennt.

Die Einzige, die weiß, dass ich noch immer in Alices Leben herumschnüffle und dass ich halb bei Laurence wohne. Die Einzige, die mich richtig kennt. Ich habe oft gehofft, dass Mouna alles sofort wieder vergisst. Dieser Aspekt, der mir bei alten Menschen sehr gut gefällt, ist mir früher nie aufgefallen: Sie haben ein selektives Gedächtnis.

»Schaust du dir noch immer den Film von Alices Hochzeit an, Antoine?«

»Ja, Mouna.«

»Willst du nicht allmählich damit aufhören?«

»Doch, aber ich schaffe es nicht.«

»Hör mir gut zu, mein Kleiner. Du musst es akzeptieren.«

»Es gelingt mir nicht.«

»Eines Tages wirst du darüber hinweg sein.«

»Aber wann?«

»Wenn du dich von dem, was passiert ist, erholt hast. Vielleicht dauert es noch eine ganze Weile. Aber es wird der Tag kommen, an dem du aufwachst und feststellst, dass das Bedauern gar nichts bringt. Und vielleicht begreifst du dann auch, dass du an deinem Leben vorbeigelebt hast. Glaube mir, ich weiß, wovon ich spreche. Gegen manche Verletzungen im Leben sind wir machtlos. Sie können eine Ewigkeit andauern, wenn man es vorzieht, sie immer wieder in den Mittelpunkt seines Lebens zu rücken, anstatt nach vorn zu schauen und zu versuchen, sie wirklich zu überwinden.«

10

»Ein Beutel Salat, Tomaten, ein Topf Basilikum, Bananen, reife Erdbeeren, Schinken, Brot, Pfannkuchen, Orangensaft, Joghurt, Kirschkuchen, Mozzarella, Schokoladenpudding, geriebener Käse, Honigwaffeln, Thunfisch.

PS: Achte auf das Haltbarkeitsdatum! Und sei da, wenn sie kommen. Ich weiß nicht, in welcher Reihenfolge.«

Laurence hat mir den Einkaufszettel per Mail geschickt und mich gebeten, rechtzeitig bei ihr zu sein, weil sie spät nach Hause kommt. Termine in ihrer Kanzlei halten sie auf. In dieser Woche wohnen ihre drei Söhne bei ihr. Ihre drei Glückszahlen sind die 15, 12 und 10, Simon, Pierre und Lucas.

Auch wenn wir uns oft sehen, kennen wir uns noch nicht sehr gut. Laurence steht immer wie eine Schlichterin zwischen uns. Zu Beginn der Beziehung sind wir uns zwei oder drei Mal gemeinsam mit anderen Leuten begegnet, ehe wir uns richtig vorgestellt wurden.

An jenem Tag waren Alma und Claire bei mir. Mannschaft A gegen Mannschaft B, ein Spiel mit gezückten Messern. Laurence fungierte bei der ersten Begegnung als Schiedsrichterin.

Sie trug ihr schwarzes Kostüm wie in der Anwaltskanzlei. Es hätte nur noch die Trillerpfeife gefehlt, um Abseits, Freistöße und eventuelle Elfmeter anzuzeigen. Aber das Gipfeltreffen verlief gut. Um ehrlich zu sein, habe ich mich viel zu sehr in diese Mission hineingesteigert, wahrscheinlich aufgrund meiner Angst vor Jungs, diesen Rowdys.

Mein Vorsatz: auf gar keinen Fall die Kinder eines anderen ins Herz schließen.

Die Überlegung dahinter: Stiefväter sind schrecklich.

Wenn man ein gewisses Alter überschritten hat, ist das der Preis, den man zahlen muss.

Und zu diesem Preis kommt noch etwas Sonderbares hinzu: das Risiko, mehr Zeit mit den Kindern eines mir unbekannten Typen zu verbringen als mit meinen eigenen. Das ist das Paradox einer Patchworkfamilie.

Und noch eine Frage: Wozu soll es gut sein, Kinder zu haben, wenn man am Ende mit denen eines anderen spielt?

So sieht es aus: Eines Tages dringen Kinder, die wir uns nicht ausgesucht haben, gewaltsam in unser neues Leben ein.

Die erste offizielle Begegnung fand an einem Sonntagmittag bei Hähnchen mit Kartoffeln statt. Ich hielt einen Blumenstrauß in einer Hand, eine Flasche in der anderen und drückte auf die Klingel. Meine Töchter standen hinter mir und klammerten sich an meinen Beinen fest. Alma und Claire hatten mir vorher erklärt, dass es einfacher gewesen wäre, wenn meine neue Freundin Töchter in hübschen Prinzessinnenkleidern hätte statt pubertierende Fußballspieler mit ewig zerzausten Haaren. Diese drei Typen, die sich in ihren übergroßen Nike-Turnschuhen wie urzeitliche Vorfahren bewegten, und der Älteste dann auch noch mit einem Gesicht voller Akne, das war nicht ihr Ding.

Der fünfzehnjährige Simon mit den Eiterpickeln und dem ersten Bartflaum, der das Gymnasium besucht, kommt zuerst aus der Schule. Er hebt wie Sitting Bull die rechte Hand, dann stürmt der große Indianerhäuptling, ohne mich eines einzigen Blicks zu würdigen, in die Küche. Die Kühlschranktür fällt zu, worauf er hektisch eine Packung Kuchen aufreißt. Anschließend zieht Simon mit bloßen Händen eine Flasche Cola aus einem Sechserpack, der an der Wand unter dem Fenster steht, und trinkt einen ordentlichen Schluck aus der Flasche.

Ich höre, dass er rülpst und ins Spülbecken spuckt. Kurz darauf taucht er mit dem iPod in den Ohren im Wohnzimmer auf. Seine Jeans sitzt so tief, dass sie fast in den Kniekehlen hängt. Simon fläzt sich mit seinen eins fünfundachtzig vor den Fernseher und macht es sich bequem. Dieser Wilde kratzt sich mit der Fernbedienung an den Ohren. Der Ton ist voll aufgedreht. Dann klingelt auch noch sein Handy, und gleich darauf ist sein dreckiges Lachen zu hören.

Ich habe meinen Mädchen immer eingeschärft, dass Jungen eine Lärmbelästigung sind. Simon bestätigt meine Theorie. Wenn er brüllt, erinnert er an Joey Starr.

Er hört mich nicht, als ich ruhig, aber bestimmt sage, dass er seine Quadratlatschen nicht auf den Couchtisch seiner Mutter legen soll. Ich wiederhole mich nicht, sondern schone meine Energie für die Ankunft der beiden anderen. Naiv wie ich bin, glaube ich, dass ich mit der Ankunft des

Ältesten schon das Kap Hoorn der Gleichgültigkeit und des Grunzens umschifft habe.

Ich verstecke mich hinter Alma und Claire. Die Mädchen setzen sich vor den Fernseher, und der Älteste begrüßt sie mit einem albernen Lächeln. Claire starrt befremdet auf seine fettige Haut und scheint die Pickel zu zählen, die sein pubertierendes Gesicht verunstalten. Sie lächelt ihn an, und er ist so freundlich, ihr einen Platz auf seinem Schoß anzubieten. Kaum zu glauben, jetzt schließt doch tatsächlich ein anderer meine Tochter in seine Arme. Eifersucht, Kummer und Zweifel steigen in mir auf. Eines Tages werden meine Töchter nicht mehr in meinen Armen, sondern in denen anderer Männer lachen, und ich bekomme Depressionen.

Gleichgültig der Verzweiflung eines hilflosen Stiefvaters gegenüber verschlingt Alma, die sich wie eine Meerjungfrau auf dem Boden räkelt, die Seiten des sechsten Bandes von *Harry Potter*.

Der zwölfjährige Pierre macht ein Gesicht wie ein Zauberlehrling, und meine Tochter träumt davon, ihn zu heiraten.

Sein Vater hat den schielenden kleinen Jungen gerade gebracht. Die große Brille verdeckt sein halbes Gesicht und der Pony die halbe Stirn. Anstatt den Klugscheißer heraushängen zu lassen, springt er mir wortlos an den Hals und erwürgt mich fast.

Der Junge umklammert mich so fest, dass mir ganz warm wird. Seine starke Zuneigung verwundert mich, und ich weise ihn in seine Schranken. Es gelten klare Regeln. Nur Alma und Claire haben das Recht, mich zu umarmen. Der vertrauensvolle Umgang mit meinem Hals ist fremden Kindern verboten. Doch der Junge lässt nicht locker. Als er wieder mit beiden Füßen auf dem Boden steht, nimmt er meine Hand. Die kleine Schlange will sich um meinen Arm schlingen.

»Was willst du? Zuneigung, Liebe, Zärtlichkeit? Zähle nicht auf mich. Geh zu deinem Vater. Ich bin schon vergeben.«

Pierre folgt mir überallhin. Die Mädchen unternehmen nichts, um mich von dieser Klette zu befreien. Ich habe immer noch nicht seine Stimme gehört. Als ich Laurence anrufe, um zu erfahren, wann sie kommt, springt nur die Mailbox an.

Ich habe vier Kinder im Visier und Lust, aus dem Fenster zu springen. Kurz darauf kommt Lucas.

Meine Truppe ist vollzählig. Lucas ist das genaue Gegenteil von Pierre und drückt mir wie ein richtiger Kerl mit starrem Blick die Hand.

Er hat blaue Augen und kurz geschnittenes blondes Haar. Die Gene seines Vaters haben bei der Zeugung die Oberhand gewonnen. Seiner Mutter ähnelt der Zehnjährige kein bisschen. Er schleicht in sein Zimmer, ohne seinen im Wohnzimmer versammelten Halbbrüdern und Stiefschwestern Guten Tag zu sagen.

Ich schaue aus dem Fenster und sehe seinen Vater neben dem Wagen telefonieren. Der Typ hat das nötige Feingefühl bewiesen, den Jüngsten nicht bis in die Wohnung zu begleiten.

Dabei wird es nicht bleiben. Ich habe nicht vergessen, dass Laurence plant, mich den anderen offiziell als ihren neuen Partner vorzustellen.

Aber warum soll man eine Verbindung zwischen all diesen Geschichten herstellen? Und wie soll das genau ablaufen?

Mouna findet die Idee ausgezeichnet. Ich glaube, meine Großmutter liebt meine neue, polygame Partnerin sehr, auch wenn sie sie nicht kennt. Und als ich ihr von dieser albernen Idee erzähle, lächelt sie. Offenbar will sie mich ermutigen.

Sie möchte mehr darüber erfahren und bittet mich, ihr alles über Laurences Liebesleben zu erzählen. Ich denke angestrengt nach, ehe ich mit meiner Schilderung beginne.

»Vor ihrer ersten Ehe mit François war Laurence mit Jacques verlobt. So wie ich es verstanden habe, fing die ganze Katastrophe mit diesem Mann an, der ihr am meisten bedeutet hat. Eines Abends im Sommer verließ Jacques sie und ließ sie am Boden zerstört und völlig verzweifelt zurück. Daraufhin schwor Laurence sich, niemals wieder wegen eines Mannes zu leiden. Wenn man sich ihr bewegtes Liebesleben vor Augen führt, hält sie offenbar ihr Versprechen. Die Männer liegen ihr zu Füßen. Ihr ist sehr daran gelegen, gute Beziehungen zu ihren Verflossenen zu unterhalten. Immer wieder gelingt es ihr, sich neu zu verlieben und ihren neuen Partner davon zu überzeugen, dass die anderen ihr niemals so viel bedeutet haben wie er. Ergebnis: Sie stellen keine Bedrohung dar und sind fast zu bedauern. Der Neue ahnt nicht, dass er morgen auch nicht mehr wert sein wird als die anderen.«

»Und dann?«

»Jacques verließ sie wegen einer anderen, und mittlerweile lebt er mit einem älteren Mann zusammen. Anschließend hat sie François geheiratet, den Vater von Simon, den sie später wegen Laurent verließ. Laurent ist der Vater von Pierre, *aber er war dann doch nicht der Richtige*, und Laurence verließ ihn wegen Nicolas. Dessen Heiratsantrag lehnte sie ab, war jedoch mit der Geburt des kleinen Lucas einverstanden. *Und wieder einmal war er doch nicht der Richtige.* Laurence verließ Nicolas wegen irgendwelcher Männer, die nie eine große Bedeutung für sie hatten. Dann hat sie sich in mich verliebt und mir ihre Haustürschlüssel gegeben. Sie hat mir lächelnd erklärt, dass sie es kaum erwarten könne, meine Töchter kennenzulernen – die gemeinsamen Kinder von mir und Alice, *die ja dann auch nicht die Richtige zu sein schien*, denn ich lernte ja meinerseits Lara kennen. *Für sie war ich auch nicht der Richtige*, denn sie verließ mich an dem Tag, als wir zusammenziehen wollten. Schlussfolgerung: Laurence und ich leiden beide darunter, dass kein Partner jemals der Richtige zu sein scheint, und versuchen, uns gegenseitig zu therapieren.«

Mouna, die meine Ausführungen aufmerksam verfolgt hat, bricht in schallendes Gelächter aus.

»Dann bist du also der Mann, auf den sie gewartet hat.«

»Ich weiß nicht, ob man das so sagen kann.«

»Vertraue deiner Großmutter. Du hast Alice nicht umsonst verlassen. Mit Laurence bist du auf dem richtigen Weg.«

11

Mouna sitzt in ihrem Sessel, der zwischen dem Fernseher und dem kleinen Balkon steht. Alma und Claire haben ihr Blumen mitgebracht, einen Strauß dunkelroter Pfingstrosen. Wir haben am Ende auch eine Vase bekommen. Hier ruft man nicht den Zimmerservice, sondern die Pflegerin, und das eigentlich auch nur in Notfällen. Es genügt, auf einen Knopf zu drücken. Das gesamte Zimmer ist mit Knöpfen übersät, damit die Bewohner klingeln können, falls sie stürzen. Die Verantwortlichen haben an alles gedacht und in Abständen von drei Metern diese Zauberknöpfe angebracht.

Die Pflegerin ist ein bisschen verärgert, weil wir sie wegen einer Vase gestört haben. Doch das Lächeln der Mädchen, die auf dem Bett ihrer Urgroßmutter sitzen, stimmt sie milde. Sie verdrängt ihren Unmut und kommt unserer Bitte eifrig wie eine Kammerzofe nach.

Mouna erzählt ihren Urenkelinnen gerne Geschichten. Ich weiß, was für ein Glück ich habe, dass ich ihr nicht fünfzehn Mal erklären muss, wer sie sind, und mir eine Gehirnwäsche erspart bleibt, weil mir nicht in regelmäßigen Abständen immer wieder dieselben Fragen gestellt werden. Alte Menschen, die ihre Sinne nicht mehr beieinander haben, sind wie eine chinesische Folter. Es lohnt sich nicht, ihnen Antworten zu geben, weil sie sie sich nicht merken können, und dennoch wiederholen wir sie immer wieder. Wir sind Sklaven unserer Schuldgefühle, ohnmächtig und erschöpft. Wenn wir sie nicht besucht haben, bedauern wir es genauso, wie wenn wir vor ihnen sitzen.

Wenn ihre Zeit allmählich abläuft, bereiten alte Menschen uns Kummer und werfen uns immer irgendetwas vor: unsere seltenen Besuche, denn den letzten haben sie schon wieder vergessen, und unsere Jugend, wobei wir so jung ja auch nicht mehr sind.

Mouna betrachtet ihre Pfingstrosen.

Ihre wässrigen Augen strahlen noch immer unglaublich. In der Résidence des Lilas ist sie eine Ausnahme, die die Regel der menschlichen Natur bestätigt: Sobald ein alter Mensch die Schwelle des Altenheims überschritten hat, kann man praktisch zusehen, wie er abbaut. Die Senioren verwandeln sich schneller in Greise als ein Blumenstrauß in der Sonne verblüht. Mouna ist eine schöne Pflanze. Es ist nicht schlimm, wenn sie jetzt nur noch Geschichten aus ihrer Kindheit erzählt. Sie entschuldigt sich immer, dass sie sich so oft wiederholt. Ständig diese Angst, die Kontrolle zu verlieren und am Ende ins Gras zu beißen.

»Stimmt es, dass du ganz alt bist, Mouna, und dass du bald in den Himmel kommst?«

»Es stimmt, mein Schatz. Ich weiß nicht, ob ich in den Himmel komme, aber ich weiß, dass ich bald sterben werde.«

»Weil das Leben so ist?«

»Ja, mein Schatz. Das Sterben ist ein Teil des Lebens.«

»Wir wollen nicht, dass du stirbst.«

Es bringt nichts, sich Drogen reinzuziehen, wenn man jung ist. Dadurch wird der unausweichliche Verfall der Gehirnzellen nur beschleunigt. In Altenheimen hingegen sollten Drogen frei verkäuflich sein. Es lebe die Synthese von Gerontologie und Drogenabhängigkeit! Drogen auf allen Etagen: Haschisch, Kokain, Speed, Heroin, Ecstasy,

LSD. Die Alten sollten das Recht haben, sich den ganzen Tag ungestraft mit Drogen vollzupumpen.

»Ihr Joint, Madame Michel.«

»Eine kleine Linie Kokain, Monsieur Couprie, damit Sie wach werden?«

»Madame Bluet, vergessen Sie nicht, Ihre Cannabispflanzen zu gießen.«

»Sie haben stark geweitete Pupillen, Monsieur Joseph.«

Man würde nicht mehr Gute Nacht sagen, sondern ihnen einen schönen Trip wünschen. Das gemeinsame verrückte Gelächter würde das Weinen und Jammern ersetzen. Die Opas und Omas würden sich vor Lachen biegen und verbrächten ihre Zeit damit, sich die Gesichter zu bemalen, als wäre jeden Tag Karneval. Sie würden sich den Bauch vollschlagen, rauchen, saufen, sich vielleicht sogar Spritzen setzen und es sich in einem permanenten Rauschzustand im Altenheim gut gehen lassen. Die Gesellschaft der rosaroten Elefanten wäre besser als jeder Besuch. Der Stoff würde sie ihres klaren Verstands berauben, ihre Leiden und ihre Einsamkeit vertreiben und ihre Ketten sprengen, und es gäbe für sie keine Tabus mehr. Die aufgedrehten Senioren würden das Pflegepersonal mit den Taschen voller Beruhigungsmittel kichernd zum Teufel jagen und sich in den düsteren Fixerstuben ihren natürlichen Neigungen hingeben. Vollkommen zugedröhnt würden sie im Moment größter Glückseligkeit ihren Drogenkonsum noch weiter steigern. Die Überdosis hätte den Vorteil, ganze Scharen von Hundertjährigen aus den Schlafsälen zu vertreiben, diese gebrechlichen Greise, die zu nichts mehr nutze sind, die nur noch im Überlebensmodus dahinsiechen und sich über nichts mehr freuen können. Zudem liegen sie ihren Sprösslingen auf der Tasche, die zähneknirschend ihren Gürtel enger schnallen müssen, um für sie die Unterbringung, Versorgung und Pflege in einem Altenheim zu bezahlen.

Claire hat Mühe, alles zu verstehen, was Mouna erzählt, aber für Alma ist es kein Problem. Mouna hat ihnen ein Puzzle geschenkt. Aus hundert Teilen. Es ist *Der Riegel* von Fragonard. Ich finde es sonderbar, dass sie den Kindern ein Puzzle mit einem solchen Motiv schenkt.

»Es ist ein schönes Gemälde. Findest du nicht?«

»Ich finde, Alma und Claire sind zu jung für ein solches Bild.«

»Jetzt sei mal nicht so altmodisch, mein Lieber.«

Mouna hat ihre eigenen Ansichten und ist immer für eine Überraschung gut.

»Ich habe es im Internet für sie bestellt. Das Paket ist heute Morgen angekommen. Der Briefträger hat es für mich an der Rezeption abgegeben. Wunderbar, dieser Fortschritt.«

Über dieses Bild hat Mouna oft gesprochen. *Der Riegel* übt einen besonderen Reiz auf sie aus und scheint für sie von besonderer Bedeutung zu sein. Dem Betrachter wird eine verwirrende Szene in einem halbdunklen Raum präsentiert. Lange rote Vorhänge bedecken einen Teil eines großen, zerwühlten Himmelbetts. Die Spannung ist spürbar, und die ungezügelte Begierde und die Wollust lassen sich erahnen. Auf der rechten Seite steht ein Mann, der die rechte Hand nach dem Türriegel ausstreckt und eine Frau in den Armen hält. Es ist nicht eindeutig zu erkennen, ob sie sich befreien oder sich hingeben will. Das Gemälde lässt viele Fragen offen. Stellt es einen Augenblick geteilter oder einseitiger Lust dar? Letztendlich weiß nur derjenige, der das Bild – je nach Stimmung und eigenen Erfahrungen – betrachtet und sich in die Szene hineinversetzt, ob die Frau sein Begehren nur erduldet oder sich ihm bereitwillig hingibt und lustvoll in die Arme des Verführers sinkt. Der Mann ist ein Tänzer, der auf Zehenspitzen steht, und sie streckt wie Marilyn Monroe ein Bein in die Luft. Handelt es sich um eine Vergewaltigung oder einen Moment ungezügelter Leidenschaft? Auf dem Nachttisch liegt ein Apfel. Niemand, außer vielleicht der Betrachter, der sich am Anblick des Bildes ergötzt, hat bisher in diese Frucht gebissen.

Mounas Lieblingsbild ähnelt ihr. Die Leidenschaft, die in dem Gemälde dargestellt wird, spürt man auch bei ihr, diese dämonische Seite, die man erahnt, ohne jemals zu wagen, sie zu benennen. Ebenso wie bei ihr bleibt das Geheimnis gewahrt.

Mouna hat mir eine Zigarette stibitzt und raucht sie am offenen Fenster. Sie bedeutet mir, ihr auf den Balkon zu folgen. In ihrem ein wenig zu großen Morgenrock sieht sie aus wie eine Königin. Es ist ein milder Abend im Frühling. Draußen herrscht Stille, und nichts regt sich. Inmitten solcher Ruhe spricht jeder instinktiv leise. Mouna starrt auf die Apfelbäume im Garten, dann schweift ihr Blick in die Ferne. Nichts hat mehr eine Bedeutung, als sie mich bittet, ohne mich anzusehen:

»Ich möchte, dass du mit mir ans Meer fährst. Es könnte für mich das letzte Mal sein.«

12

»ICH ERWARTE DIE MÄDCHEN UM PUNKT ACHT UHR!«

Eine SMS mit klarer Ansage.

Nach den letzten Fotos zu urteilen, die auf Facebook veröffentlicht wurden, ist Alice in Höchstform. Auf meinem Lieblingsbild trägt sie einen orangefarbenen Bikini und steht stolz auf einem Felsen. Sie ist gertenschlank und braun gebrannt, während sie vor unserer Trennung mager, blass und voller Bitterkeit war. Ich habe eine graue Maus verlassen, und jetzt ist sie eine wahre Schönheit und posiert wie ein Topmodel. Die Natur ist ungerecht. Ich schwöre, dass ich diese braun gebrannte Alice in dem orangefarbenen Bikini niemals verlassen hätte. Warum können Frauen nach einem Kaiserschnitt und der Geburt ihres zweiten Kindes nicht immer einen schönen, braun gebrannten Körper haben?

Ich bin Gott böse, weil er nicht daran gedacht hat, Vitamin D in der Plazenta zu speichern und die Köpfe der Ehemänner mit Serotonin vollzustopfen. Ich bin sicher, Alice legt es darauf an, seit unserer Scheidung einfach umwerfend auszusehen.

An jenem Tag im Gerichtssaal war sie ein Knaller. Alle Ehemänner wollten sie heiraten, die Rechtsanwälte sie verteidigen und die Richter dafür sorgen, dass sie das große Los zog.

Als ich auf der Treppe des Zivilgerichtes stand und mir die Sonne in die Augen schien, war ich der Mistkerl. Ich hatte nicht damit gerechnet, dass es ein so ungleicher Kampf werden würde. Kummer und Wut erfüllten mich, und ich hatte strähniges Haar, Annie Girardots traurige Augen und Calimeros schiefen Mund. Es bestand wirklich kein Grund, warum sie sich im »Saal der verlorenen Schritte« noch ein letztes Mal hätte umdrehen sollen.

Das Licht war während der Verhandlung so günstig auf sie gefallen, dass alle Anwesenden den Heiligenschein über ihrem Kopf sehen konnten. Vor dem Richter stand eine Heilige. Sie hatte zehn Jahre ihrer nicht ewig währenden Jugend in Gesellschaft eines labilen Kamikazefliegers vergeudet, der imstande gewesen war, für eine Tusse in einem beigefarbenen Regenmantel alles aufzugeben. Alle wussten, dass sie nicht die geringsten Probleme haben würde, ein neues Leben zu beginnen, nachdem sie mich ordentlich ausgenommen hatte. Alle wünschten ihr, dass sie endlich einen netten Mann kennenlernte. Der Richter erhörte schließlich die Bitte ihres Anwalts. Der Urteilsspruch drang wie ein Pfeil in mein Herz und riss ein großes Loch in meine Brieftasche. Ich würde mein ganzes Leben zahlen müssen. Nach der Verhandlung, bei der unsere beiden Anwälte zwischen uns saßen, kam sie als Erste oben an der großen Treppe an, die zur Straße führte. Als sie beide Arme hob, dachte ich, sie würde davonfliegen. Ich zog eine Zigarette aus der Schachtel und schaute ihr nach. Vor dem Zaun wartete ein Mann auf sie.

Ein Jahr nach der Scheidung entscheidet sie noch immer über alles. Das vom Richter verlesene Scheidungsurteil, das mir schwarz auf weiß vorliegt, änderte nichts daran. Derjenige, der die Hosen anhat, trägt sie das ganze Leben. Das ist ihr bewusst.

Alice erwartet die Kinder um Punkt acht Uhr. Antoine wird also um Punkt acht Uhr da sein. Ebenso wie der Papa von Lucas wird Antoine die Wohnung seiner Exfrau nicht betreten, um ihr die Kinder persönlich zu übergeben. Er verabschiedet sich auf dem Bürgersteig von ihnen und blickt ihnen nach, wenn sie zur Haustür laufen. Er sieht zu, wie sie auf Zehenspitzen die vier Zahlen auf der Tastatur der Sprechanlage eingeben – er erinnert sich an die Zahlen – und dann im dunklen Treppenhaus verschwinden. Er glaubt, in der Ferne den Aufzug zu hören, und zwingt sich, sich zu entspannen. Dann atmet er tief ein, geht so schnell, wie er gekommen ist, davon und tut so, als würde er nichts empfinden.

Vorteil: Antoine muss nicht auf der Suche nach einem Parkplatz stundenlang durch die Gegend fahren und kann in der zweiten Reihe parken.

Alle zwei Wochen parken die Väter in der zweiten Reihe, laden ihre Lieferung ab, fahren weiter und kümmern sich um die Kinder eines anderen.

Wenn sich die Dinge weiterhin in diesem Tempo entwickeln, besteht das Risiko, als Busfahrer zu enden.

Als ich Mouna erklärt habe, dass Alice ein neues Leben begonnen hat, musste sie laut lachen.

»Das ist die idiotischste Formulierung, die ich jemals gehört habe. Man beginnt kein neues Leben. Man setzt seinen Weg fort.«

»Mouna, man sagt aber nicht, man setzt seinen Weg fort, sondern man sagt, man beginnt ein neues Leben.«

Meine Großmutter ist davon überzeugt, dass es nichts bringt, die Vergangenheit zu verdrängen. Kinder hassen es, wenn man die Wahrheit abstreitet, und sie haben recht. Es ist immer wieder dasselbe Muster. Auch wenn es sich rings um uns herum jeden Tag hundertmal wiederholt, lernen wir die Lektion einfach nicht und stimmen immer wieder dieselbe Leier an:

Papa und Mama leben zusammen, dann geht entweder Papa oder Mama weg, und Papa oder Mama ist wahnsinnig traurig und beginnt, den anderen zu hassen, zu bedauern, dem anderen jemals begegnet zu sein und Kinder mit ihm bekommen zu haben. Er oder sie schaut mit verklärtem Blick auf die gemeinsame Zeit zurück, vergisst die Streitereien, zieht unter die ganze Beziehung einen Schlussstrich, lügt, spuckt Gift und Galle, sagt verletzende Worte, geht aus Rache mit jemand anderem ins Bett, flucht, streitet alles ab, macht einen Rückzieher, bricht zusammen, zerreißt die Fotos, heult sich die Augen aus, löscht alles aus seinem Gedächtnis, verändert sein ganzes Leben, hängt in Kneipen herum, trinkt zu viel, leiht sich Geld, kommt erst im Morgengrauen nach einer durchzechten Nacht nach Hause, macht die Nacht zum Tag, verspürt den Wunsch, Schluss zu machen; führt sich immer wieder alles vor Augen, lebt am Leben vorbei, quält sich, lässt sich gehen, beginnt vorzeitig zu altern, verliert seine gesamte Energie, schneidet sich die Pulsadern auf, bedauert, jemals geboren worden zu sein; wälzt sich im Rinnstein, stellt sich vor, wie der oder die andere Sex mit jemand anderem hat; rauft sich die Haare aus, verliert Haare, bekommt einen Bauch, gibt sich auf, führt Selbstgespräche, fällt allen Menschen auf den Wecker, besucht seine Großmutter und erzählt ihr von seinem Kummer, redet dummes Zeug, wird verrückt, hält sich für den Nabel der Welt und spioniert seiner Ex im Internet hinterher.

»Wenn man nach dem Ende der Beziehung weggeht, muss man immer danke sagen für die wunderbare Zeit. Das ist das Mindeste, was man tun kann.«

Mouna und ihre schönen Reden … Im Grunde stimme ich ihr zu, aber ich bin dennoch nicht in der Lage, irgendeinen ihrer Ratschläge zu beherzigen.

Sich nicht umbringen, sondern leben und die guten Zeiten würdigen, die herrlichen Zeiten, die man mit ihr oder ihm verbringen durfte, als man sich kennengelernt, sich geliebt, Sex miteinander gehabt hat und glücklich war, ehe man so tief in seinem Leid versunken ist, dass keine Wiederbelebungsmaßnahme den Kadaver der Liebe mehr retten kann.

Die tote Taube ist die Metamorphose der Turteltäubchen.

Man muss die Natur respektieren. Man darf sich ihr nicht widersetzen, ihr keine Vorwürfe machen und sich nicht gegenseitig zerfleischen, weil der eine oder andere entschieden hat, dass der Partner oder die Partnerin nicht mehr das Recht hat, seine oder ihre Hand zu halten, ihn oder sie beim Einschlafen zu umarmen, beim Aufwachen zu küssen, regelmäßig mit ihr oder ihm zu schlafen und eine Einheit mit ihr oder ihm zu bilden.

»Wenn eine Beziehung zerbricht, ist das der Beginn eines neuen Weges.«

Manchmal frage ich mich, wo Mouna ihre Weisheiten hernimmt. Und ich wüsste gern, ob meine Großmutter sich nicht tatsächlich hinter meinem Rücken den Freuden der im Altenheim freigegebenen Drogen hingibt.

Wenn man alt wird, muss man ein guter Verlierer sein.

Es schüttet wie aus Eimern. Morgen fahren wir ans Meer. Ich freue mich auf das Rauschen der Wellen, die Gischt auf meiner Haut und unsere Spaziergänge an der Felsenküste. Die Sachen meiner Großmutter habe ich bereits herausgesucht und ihr versprochen, ihr einen Hut zu kaufen. Sie will unbedingt verhindern, dass der Wind ihre Haare zerzaust.

Mouna sieht unserer Reise mit großer Aufregung entgegen. Sie bittet mich, niemandem etwas davon zu sagen.

»Und vor allem nicht deinem Vater.«

Mit erhobener Hand schwöre ich es ihr.

Dann lasse ich sie allein. Sie liegt ausgestreckt auf dem Bett, einsam wie eine Ziege an ihrem Pflock und mit ihrer großen Magnettafel mit dem hässlichen dicken, grünen Rahmen an der Wand gegenüber. Meine Mutter hat ihr eine ganze Reihe Familienfotos an die Magnettafel gehängt, damit sie ihr Gesellschaft leisten. Wir hängen den alten Leuten immer Fotos an die Wand. Wir hängen ihnen ihr früheres Leben auf, damit sie nicht vergessen, was sie verloren haben. Fotos von Urlauben an Orten, an die sie nie mehr reisen werden, von Geburtstagen, die sie nicht mehr groß feiern, von Weihnachten, das nicht mehr existiert.

Unser Leben hängt also an einigen aneinandergereihten Bildern, dem Exekutionskommando, das auf das Morgengrauen wartet.

Die Bilder an der Wand dienen als Memory oder bescheren uns Albträume. Auf dem Foto in der Mitte stehe ich mit Alma und Claire im Vordergrund. Alices Schatten fällt auf uns, denn sie war es, die das Foto aufgenommen hat. Bali 2003, zwei Jahre vor dem Tsunami unserer Trennung.

Als ich die Tür des Zimmers 220 schließe, sind Alma und Claire bei Laurence, die noch nicht so ganz ihre Stiefmutter ist, und bei deren Söhnen, die eine Laune des Schicksals zu ihren Stiefbrüdern gemacht hat. Die Mädchen warten darauf, dass ihr leiblicher Vater sie zu ihrer sonnengebräunten Mutter bringt, die sich freut, ihre leiblichen Töchter wiederzusehen.

13

Die Résidence des Lilas verschwindet im Rückspiegel. Ich streiche Mouna sanft über die Wange.

Das Schwierigste war, ihren schwarzen Rollstuhl von Techni-Contact zusammenzuklappen. Er hat verchromte Armlehnen, Alufelgen, vorne zwei kleine Lenkräder, zwei große, abnehmbare Räder und eine Sitztiefe von 42,5 Zentimetern. Der Rolls Royce unter den Rollstühlen für gebrechliche Senioren. Die maximale Belastbarkeit beträgt einhundertdreißig Kilogramm. Kaum zu glauben, wenn man bedenkt, dass der Rollstuhl federleicht ist oder doch fast. Mouna hasst den Rollstuhl und benutzt ihn nur zu besonderen Anlässen. Das letzte Mal nahmen meine Eltern ihn mit, als sie mit ihr zu einer alten Tante fuhren. Meine Großmutter kämpfte wie eine Löwin, damit der Rollstuhl im Kofferraum blieb. Für sie geht es dabei ums Prinzip, ihre Würde und ihre Unabhängigkeit. Ihr reicht der Stock, und wenn sie aufpasst und langsam geht, ist es wirklich kein Problem. Mouna schleicht wie eine Schildkröte. Sie ist ein Kriechtier ohne Panzer, aber mit dem Wichtigsten ausgestattet: einem klaren Verstand. Im Kopf ist sie so fit wie Usain Bolt in den Beinen.

Mouna, die Schildkröte, lehnt diese Art der Bequemlichkeit ab, und das ist ihr gutes Recht. Sie weigert sich kategorisch, sich von einer Pflegerin, ihrem Sohn oder Enkel in einem hochmodernen Rollstuhl durch die Gegend schieben zu lassen.

Meine zierliche Großmutter mit ihren Pi mal Daumen einundfünfzig Kilogramm protestierte laut, als wir ihr nur zum Scherz vorschlugen, einen Elektrorollstuhl mit drei Gängen zu kaufen. Mein Vater meinte, sie hätte auch zu einer Sänfte nicht Nein gesagt, wenn man ihn hätte gewähren lassen.

Ich brauchte eine Viertelstunde, um das Ding zu bändigen. Nachdem ich die beiden großen Räder abmontiert hatte, funktionierte es schließlich. Anschließend klappte ich die Rücksitze des Wagens zurück und warf den Rollstuhl, die beiden großen Räder, ihren Koffer mit den Reiseutensilien und meinen Trolley in den Kofferraum.

Damit es bequemer für meine Großmutter ist, habe ich einen großen Wagen gemietet, einen eleganten Mercedes C 270 CDI, passend zu ihrem Rollstuhl in Graumetallic.

Das Leder beruhigt sie; der beheizbare Sitz beeindruckt sie stark, und die Lautsprecher hinten im Wagen lassen sie zusammenzucken. Ich stelle die Musik leiser. Der Sender spielt die Doors: *This is the end …*

Mouna kennt die Doors nicht. Und ich habe den Zweiten Weltkrieg nicht miterlebt.

Das hindert meine Großmutter und mich nicht daran, uns sehr zu lieben und uns während unserer Reise ans Meer immer wieder wortlos anzuschauen.

In den ersten Minuten sitzt sie total verkrampft auf dem Beifahrersitz, presst eine Hand auf den Türgriff und streckt ab und zu ein Bein aus, um zu bremsen. Sie versteht nicht, warum man keine Motorgeräusche hört, und fragt mich, ob ich mich an die Geschwindigkeitsbegrenzung halte.

Ich fordere sie auf, sich anzuschnallen. Sie erwidert, dass es ihr auf die Nerven gehe, wenn ich ihr ununterbrochen Vorträge über Sicherheitsgurte und die Polizei halte. Sie habe sich noch nie angeschnallt und werde nicht heute damit beginnen, erklärt sie mir.

Plötzlich ertönt ein ohrenbetäubendes Warnsignal.

Mouna versteht nicht, woher dieser schrille Ton kommt, und fordert mich auf, die Sirene auszuschalten.

»Das geht nur, wenn du dich anschnallst.«

»Was?«

»DU MUSST DICH ANSCHNALLEN!«

Mouna fügt sich seufzend. Ich sage ihr, dass sie sich keine Sorgen zu machen braucht, und schlage ihr vor, eine CD einzulegen.

»Wenn du willst. Ich verstehe ja nicht, wie jemand Auto fahren und gleichzeitig Musik hören kann.«

Ich schwanke zwischen Elvis und Frank Sinatra. Sinatra gewinnt.

Fly Me to the Moon. Flieg mit mir zum Mond.

Mouna lauscht vom ersten Ton an gebannt der Melodie.

Fly me to the moon
Let me play among the stars
Let me see what spring is like
On Jupiter and Mars

In other words, hold my hand
In other words, baby, kiss me

Fill my heart with song
And let me sing for ever more
You are all I long for
All I worship and adore

In other words, please be true
In other words, I love you.

Der Mercedes ist ein fliegender Teppich. In Mounas strahlenden Augen sehe ich zu den Klängen eines Liebesliedes Erinnerungen vorbeiziehen, die dieses Mal nicht meine sind. In den Armen eines Mannes gleitet sie über eine Tanzfläche und gibt sich hin, und ich vergesse alles.

Sie trägt ihr marineblaues geblümtes Kleid. Eine Margerite mit einer großen weiß-gelben Blüte verschlingt ihren Bauch, und ein breiter Gürtel zwängt ihre Wespentaille ein. Sie wühlt in der Handtasche auf ihrem Schoß und schaut auf die Autobahn. Der Anblick der Windräder fasziniert sie. Sie bittet mich, ihr Fenster etwas weiter zu öffnen.

»Ich möchte tief einatmen. Und es macht mir Spaß, meine Hand in den Wind zu halten, wenn der Wagen schnell fährt.«

Mit Mouna verbinden mich viele Kindheitserinnerungen. Sie genießt es, ihre Hand aus dem

Wagen zu halten und sie im Wind hin und her zu drehen. Bei hundertvierzig Kilometern pro Stunde ist der Fahrtwind ziemlich stark. Sie entspannt sich und lässt die Luft über ihre Hand strömen.

»Dein Großvater hatte ein Cabriolet. Wir sind gerne damit herumgefahren, vor allem nachts mit Fernlicht. Er kam gut voran, weißt du, denn damals gab es diese ganzen Geschwindigkeitsbegrenzungen noch nicht. Es wurden auch noch nicht solche Rennwagen gebaut wie heutzutage. Das sind Höllenmaschinen, und dann verlangt man immer von ihnen, dass sie langsamer fahren sollen. Was macht das für einen Sinn?«

Die frische Luft und der Fahrtwind berauschen Mouna. Sie lacht über den Spaß des aufgeregten kleinen Mädchens, und fast hätte sie ihr Seidentuch verloren. Sie macht einen Doppelknoten hinein, damit es nicht wegfliegt und auf der Straße landet.

Sie schließt das Fenster wieder und fragt mich nach der Uhrzeit. Dann wendet sie sich wieder ihrer Handtasche zu. Ich blicke auf ihre von unzähligen Flecken übersäte Hand, die wie die Krallen eines Raubvogels auf der Suche nach einem kleinen Metalldöschen in der Tasche verschwindet. Das Innere ist sternenförmig aufgeteilt, und in jedem Fach liegen Tabletten in verschiedenen Farben.

Meine Großmutter schluckt ihre Medikamente, doch die rosafarbene Tablette rutscht nicht richtig. Ich reiche ihr eine Flasche Wasser, damit sie nicht erstickt. Wenn sie hustet, zittern ihre schmalen Schultern.

Mouna richtet sich wieder auf und gluckst vor Vergnügen. Sie ist so zart. Unsere Reise beginnt gut. Ich spüre, dass es sie glücklich macht, mit mir in diesem Wagen zu sitzen. Ich weiß nicht, warum sie so großen Wert darauf legt, ans Meer zu fahren. Ich habe nicht einmal versucht, sie auszufragen. Seitdem ich sie im Altenheim besuche, spreche ich meistens über mein Leben.

Während ich dreckige, große Lastwagen auf der Autobahn überhole, wird mir klar, dass ich mich niemals allzu sehr für ihr Leben interessiert habe. Es genügt mir, ab und zu oder mitunter auch für längere Zeit in ihrer Nähe zu sein. Als würde ihre Anwesenheit meine Wunde schließen und meine Anwesenheit ihr erlauben, noch eine Weile am Leben zu bleiben. Ein freundlicher Gedankenaustausch zwischen dem nicht mehr ganz jungen Mann und der alten Dame, der die Einsamkeit in ihrem goldenen Käfig jeden Tag ein bisschen mehr zu schaffen macht.

Habe ich bei allen meinen Pflichten versagt?

Bin ich so egoistisch?

Ja, ich hätte neugieriger sein und ihr Fragen stellen sollen. Ich hätte den Fluss ihres Lebens gegen den Strom wieder zum Fließen bringen und sie von Anfang an bitten müssen, dass sie mir etwas von sich erzählt, ihr ganzes Leben zurückspult und dann auf die Play-Taste drückt. Ich hätte ihr zuhören sollen, wie sie mir ihr Herz ausschüttet – den Kopf ans Fenster gelehnt, ein Auge auf den Regen gerichtet und das andere auf den Zeitmesser eines zu Ende gehenden Lebens im Zimmer einer teuren Seniorenresidenz.

Ich habe es nicht gewagt.

Denn Mouna gehört nicht zu den Menschen, die gern aus dem Nähkästchen plaudern. Sie spricht nie über sich. Niemals hat sie über die schlimmen Jahre gesprochen, die Besatzung, den Krieg, den Widerstand, die Befreiung. In Mounas Jugend kaufte man seine Fahrräder noch nicht bei Decathlon, und man fuhr nicht mit einem Mountainbike, um der Gestapo zu entkommen. Fahrräder mit Gangschaltung gab es noch nicht. Man hatte keine andere Wahl, als schneller zu fahren, wenn es bergauf ging, und das Risiko eines Sturzes einzugehen, wenn man mit vollem Tempo einen Berg hinunterraste. Es war sicher nicht leicht, den Schüssen zu entkommen, die Männer in langen, schwarzen Ledermänteln wie im Film aus einem Citroën Traction Avant auf sie abfeuerten.

Ich weiß nicht mehr, ob mein Vater oder meine Mutter mir einst während des Desserts nach dem Essen erzählt haben, dass Mouna während des Krieges von den Nazis verfolgt und beschossen wurde. Sie überbrachte den Alliierten Botschaften und fälschte Dokumente, um mit ihren eins sechsundsechzig zur Befreiung ihres Landes beizutragen. An jenem Tag verdankte sie ihr Überleben einzig einem tiefen Graben, in den sie schließlich sprang. Vor Angst und Kälte erstarrt, wagte sie es erst in der folgenden Nacht, wieder dort herauszukriechen.

Mouna, eine Französin, die mit zwanzig Jahren ihren eigenen Krieg führte. Eine junge Frau ihrer Zeit, die an einem Frühlingstag im Jahre 1943 von der Verhaftung ihres Ehemannes durch die Deutschen erfuhr. Zwei Jahre zuvor war er eingezogen worden, um als Jagdflieger im Zweiten Weltkrieg zu kämpfen. Darauf folgten das endlose Warten und drei Jahre später die Begegnung auf einem Bahnsteig. Ihr Leben war gänzlich aus den Fugen geraten, und sie mussten bei null beginnen. Wie Millionen anderer Frauen musste auch Mouna nach dem Krieg ganz von vorn anfangen. Sie musste lernen, wieder mit ihrem Mann zusammenzuleben, der ein Fremder geworden war, und ihren Frieden finden.

Drei Jahre lang lebte sie unter dem Decknamen »Silhouette«. Im Verborgenen lernte sie den Beruf der Fälscherin. Sie war unschlagbar, wenn es darum ging, Ausweise und Lebensmittelkarten zu fälschen und von einem Keller aus dem Schicksal anderer Menschen auf die Sprünge zu helfen. Vielleicht ist das der Grund, warum sie die Stille so sehr liebt und ihre Geheimnisse streng hütet. Nicht zu sprechen bedeutete, nicht zu sterben, also erzählte man sich nichts, um am Leben zu bleiben.

Wie hat Mouna es geschafft, als Zwanzigjährige ein solches Leben zu führen? Wie hat sie es geschafft, mit der Angst im Nacken mit dem Fahrrad durch die dunkle Nacht zu fahren? Wie schafft man es, einen ganzen Winter nichts zu beißen zu haben und das Leben trotzdem zu lieben? Wie schafft man es, vollkommen ruhig zu bleiben, wenn man sich viele Jahrzehnte später die Klagen seines Enkels anhört, der die Zeit damit verbringt, durch den Spion 2.0 im Leben seiner Exfrau herumzuschnüffeln, und der keine anderen Sorgen hat, als sich hinter seiner Unzufriedenheit zu verschanzen und zuzusehen, wie sich seine Illusionen in Luft auflösen? Wie bringt sie die Geduld auf, ihm in aller Ruhe zu erklären, dass dies nicht der richtige Weg ist? Wie schafft sie es, einen solchen Typen zu ertragen, zu verstehen und zu lieben und ihn mit diesem zärtlichen Blick ihrer meerblauen Augen anzusehen? Wie schafft sie es, in diesem sanften Ton mit ihm zu sprechen und ihn so liebevoll zu umarmen?

Ich stelle die Musik noch ein bisschen lauter und biete Mouna eine Zigarette an. Sie nimmt das Angebot erfreut an. Die Sonne scheint uns in die Augen. Nach dem ersten Zug atmet sie den Rauch durch die Nase aus, vielleicht um zu vermeiden, dass der Lippenstift zu schnell verblasst.

»Als ich jünger war, bin ich niemals ohne meine Zigarettenspitze aus Elfenbein aus dem Haus gegangen.«

»Aus Elfenbein?«

»Ja, mein Schatz, aus Elfenbein. Das war mein Glücksbringer. Lang und wunderschön. Die Zigarettenspitze hat mich lange begleitet. Ich habe sogar den Vornamen des Mannes, der sie mir geschenkt hat, eingravieren lassen.«

»Und wer war das?«

»Das spielt keine Rolle. Die Gravur ist sicherlich mit der Zeit verblasst, und ich habe sie 1946 an einem Flughafen verloren. Ich war zu Tode betrübt.«

14

Mit Laurence hätte ich vielleicht noch diskutieren können. Alice hätte mich auf jeden Fall angefleht, die nächste Autobahnausfahrt zu nehmen, im Navigationsgerät die »Suche nach interessanten Orten in der Nähe« zu starten, auf das Icon »Gastronomie« zu klicken und ein Restaurant herauszusuchen. Sicher, wir hätten einen großen Umweg machen müssen, aber ich hätte keine andere Möglichkeit gehabt, wenn ich mit Alice unterwegs gewesen wäre. Sie hat eine Aversion gegen Autobahnraststätten. Diese runden Gebäude mit den roten Dächern, die Bänke draußen, das schlechte Essen, die Kaffeemaschinen, die Kinderspielplätze, das trockene Brot, die Salami-Sandwiches, der Zustand der Toiletten, der Fußbodenbelag und die Dienstkleidung der Kassiererinnen kann sie einfach nicht ertragen.

Ich habe mich immer darüber gewundert, aber über ein paar Dinge, die ihr besonders wichtig sind, konnte sie sich stundenlang aufregen, ohne von ihrem Standpunkt abzuweichen. Eines Tages habe ich spaßeshalber eine Liste an den Kühlschrank gehängt, auf der in beliebiger Reihenfolge alles stand, was Alice nicht mochte: Watte, das Anfahren am Hang, die Abenddämmerung an einem Sonntag, eingeschweißter Schinken, fluchende Autofahrer, Strings, Handys, Mittagessen auf der Terrasse eines Restaurants, Tauben, Pornofilme, Motorräder.

Über die Veröffentlichung dieser schwarzen Liste musste sie herzhaft lachen. Sie gab zu, dass alles der Wahrheit entsprach. Dann wollte sie die Liste vervollständigen, indem sie alles, was sie gerne mochte, hinzufügte. Ehrlich gesagt mochte meine Exfrau mehr Dinge, als sie verabscheute, und an erster Stelle ein harmonisches Familienleben. Alice liebte die Sonne, ein gutes Risotto in einem italienischen Restaurant, Wochenenden in trauter Zweisamkeit, den Duft von leckerem Baguette mit Butter, Basilikum, Koriander und frisch gepressten Orangensaft. Sie hörte gerne zu, wenn ihr jemand etwas aus seinem Leben erzählte. Sie liebte das Meer, Schiffe, Rotwein, Märkte, die Wahrheit, das Zusammensein.

Mouna hat an dem Selbstbedienungsrestaurant neben der Tankstelle nichts auszusetzen. Sie ist begeistert von der Paella, auch wenn der Tintenfisch wie verbrannter Kunststoff schmeckt. Die kleinen Rotweinflaschen findet sie fantastisch, »weil sie wie Wasserflaschen Schraubverschlüsse haben«.

Wir sitzen am Fenster, und während ich das rege Treiben zur Mittagszeit beobachte, muss ich wieder an Alice denken. Ich schaue zu, wie meine Großmutter die leeren Schalen der Meeresfrüchte aneinanderreiht und ihr Brot in die Sauce tunkt. Plötzlich stelle ich fest, dass ich an meine Exfrau denken kann, ohne mich gleich auf den nächsten Computer stürzen zu wollen, um mehr über ihr neues Leben zu erfahren. Zum ersten Mal seit unserer Trennung verspüre ich ein Gefühl innerer Ruhe.

Ich kaufe ein Heft und einen Stift, setze mich wieder meiner Großmutter gegenüber, ziehe einen Strich in der Mitte eines Blattes und beginne mit meiner Befragung. Zunächst möchte ich wissen, was meine Großmutter mag, und dann, was sie nicht mag.

Es ist das erste Mal, dass ich ihr eine Frage stelle, doch sie ist nicht überrascht und antwortet eifrig. Zwischen den einzelnen Antworten überlegt sie in aller Ruhe und lächelt vergnügt.

Mouna liebt nordische Malerei, Schlösser, Flohmärkte, alte Möbel, Basteln, verrückte Menschen, diskrete Menschen, ruhige Menschen, Kochen, schöne Taschen und hübsche Schuhe, Fröhlichkeit, Kühe und große Hunde, ihren roten Lippenstift, Pullover aus feiner Wolle, Poker, zarte Pastelltöne, Intelligenz, edle schwarze und weiße Unterwäsche, Kaffee, Briefpost erhalten, tanzen, ihren Enkelsohn.

Zu den Dingen, die sie nicht mag, gehören Gummistiefel, Arroganz und Überheblichkeit, schlecht erzogene Kinder, kläffende Hunde und Chihuahuas, ungepflegte Menschen, in Betten zu schlafen, die nicht frisch bezogen wurden; ihre Beine zu zeigen, mangelnde Diskretion, Frisuren, die wie Kunstwerke aussehen; alt zu sein, die Einsamkeit.

Einsamkeit. Mouna leidet an der Krankheit aller alten Menschen dieser Welt, und das in sozialer, spiritueller, körperlicher und geistiger Hinsicht. Wenn man ein gewisses Alter überschritten hat, gibt es bei der Einsamkeit keinen Rückwärtsgang mehr. Sie reißt uns mit sich fort, ein durchgegangenes Pferd, eine rasende Lokomotive, ein Tsunami, das Ende der Welt, ein Exil.

Es sind diese endlosen Minuten, in denen man ringsherum Leere aufsteigen sieht. Wenn man selbst keine Lust mehr hat, sich mit lauter Stimme Fragen zu stellen, wenn man allein dort sitzt, ohne die geringste Gefühlsregung, und ein paar Erinnerungen wachruft, aus Angst, sie könnten für immer entschwinden.

Man hört das Jammern ringsherum, fühlt sich immer schwächer, fragt sich, wann die letzte Stunde schlägt, und sucht einen Griff, um sich festzuhalten. Man kämpft gegen sich selbst an, reißt sich zusammen, trainiert das Gedächtnis, macht einen Schritt, dann einen zweiten, geht in einem zwanzig Quadratmeter großen Zimmer immer wieder auf und ab, öffnet die Balkontür, um die Einsamkeit zu vertreiben, raucht auf der Terrasse und drückt seine Zigarette aus.

Was weiß ich schon von der Einsamkeit? Als Kind dieses Jahrhunderts bin ich von zahlreichen Frauen und Kindern umgeben und von jeder Menge Freunden, die ich nicht einmal alle kenne. Was weiß ich schon, ein Mann, der von so vielen Menschen geliebt wird, von der Einsamkeit? Was weiß ich schon von den Problemen meiner Großmutter? Von dem Drama ihrer Generation, von diesen Greisen, diesen Wracks, die nur noch im Weg herumstehen, die viel kosten und nichts einbringen. Von diesen alten Menschen ohne Hoffnung, deren Lebenserwartung zu unserer großen

Freude jedes Jahr steigt und die dennoch oft so gebrechlich sind, dass sie die nächste Hitzeperiode nicht überleben.

Umgeben von dieser beschissenen Einsamkeit ähnelt das Leben der Alten einer Zigarettenkippe. Mir kommt es so vor, als würde Mouna schon den Filter rauchen und als wüsste sie es.

Was sieht sie, wenn sie zurückblickt? Welche Bilder, welche Gefühle, welche Gerüche? War sie glücklich, ein wenig oder sehr? Hat sie das Leben geliebt? Wer ist sie eigentlich? Welche Wünsche könnte sie noch haben? Welchem Umstand verdankt sie es, noch immer zu leben und mich so friedvoll anzuschauen? Das Merkwürdigste ist letztlich dieser Kontrast. Mouna ist ein Stück verwüstete Erde, aber robust wie ein Felsen. Ich an ihrer Stelle wäre voller Angst und Kummer, doch auf ihrem Gesicht erkenne ich einen tiefen Frieden und Gelassenheit. Eine glückliche Melodie spiegelt sich in diesem Blick, nichts, was einem Angst und Schrecken einjagen könnte, die Gewissheit, am richtigen Platz zu sein. Endlich? Kann es das sein? Ich weiß es nicht.

Mouna liebt, was sie nicht mehr hat oder nicht mehr machen kann, und hasst das wenige, was ihr geblieben ist. Lächelnd spricht sie mit mir über Episoden ihres Lebens, während sie ihre preiswerte

Paella isst. Es ist sonderbar, aber ich glaube, dass ich sie zum ersten Mal schallend lachen höre, und zum ersten Mal seit langer Zeit habe ich das Gefühl, ein ganz passabler Kerl zu sein.

15

Unterwegs steigt mir ein Duft meiner Kindheit in die Nase. Der Duft des Heus, des Unterholzes, des Feuers im Kamin, der wild wachsenden Hortensien, der Kletterrosen, des Flieders, der Primeln und der Geranien. Und bei Einbruch der Dunkelheit auch der der Lilien und des Jasmins. Vergrabene und vergessene Bilder unbeschwerter und herrlicher Sommer und Winter steigen plötzlich an die Oberfläche, und verschwommene Erinnerungen werden wieder lebendig.

Nasser Farn, wilde Mohnblumen, überreife Früchte und gepflegte Gemüsegärten. Thymian, Lavendel und Rosmarin, Bohnenkraut und Estragon. Wuchernde Pflanzen, duftende Sträucher, Magnolien mit zartrosa Blüten. Hunderte aromatischer Düfte unter einem wechselhaften Himmel. Das gleißende Sonnenlicht, das sich in dem tiefen

Brunnen spiegelt, den mein Großvater bewachte, weil er Angst hatte, ein Kind könnte hineinfallen und ertrinken. Eisige Regengüsse im Januar und immer wieder überraschende Schneefälle, die die Dächer weiß färbten. Die drei wunderschönen, von Kiefern überragten Sandwege, die im Sommer ganz heiß waren und auf denen Mouna gerne mit dem Traktor entlangfuhr.

Etwas weiter der Teich, in dem Enten mit grünen Köpfen schwimmen; graue Rebhühner, zahlreiche Fasanen, Schnepfen, Rehe und Wildschweine: eine Oase der Natur.

Und dann das Haus. Mounas Refugium, ehe sie ins Altenheim zog. Vorletzte Station vor dem Grab.

Ein imposantes Gebäude mit blauen Fensterläden mitten im Wald, ein ehemaliges Jagdschloss mit riesigen Räumen und großen Kaminen. Eine Steintreppe führt zu den beiden Etagen und den langen Gängen, auf denen die Zimmer liegen. Vom gelben Zimmer gelangt man über eine Leiter auf den Speicher mit den dicken, von riesigen Spinnweben überzogenen Balken. Das Badezimmer war weiß. Die antike Badewanne mit den Füßen in Form von Löwenpranken hatte einen Sprung auf einer Seite. Ich erinnere mich an den starken Wasserdruck. Das Wasser sprudelte kräftig aus dem Hahn. Das Baden mit Mouna dauerte immer eine ganze Weile. Sie wickelte mich und meine Cousins in dicke, bunte Handtücher und schickte uns dann ins Wohnzimmer, damit wir uns am Kamin abtrockneten. Nach dem Abendessen setzte sie sich immer zu uns, aber nicht, um uns Geschichten vorzulesen – die erfand sie selbst –, sondern um uns Poker beizubringen.

Dieses Spiel hatte sie nach dem Krieg von amerikanischen Soldaten gelernt, mit denen sie befreundet war, und das beeindruckte uns. Ihre Leidenschaft für dieses Kartenspiel hat sie sich bis heute bewahrt. In der Seniorenresidenz spielt jedoch niemand Poker. Dort sind die alten Leute von Bridge besessen, die reinste Katastrophe für meine Großmutter.

Im Sommer zockten die Großeltern bis zum Morgengrauen. Am frühen Morgen blickten wir uns neugierig um und stiegen über leere Flaschen und große, volle Aschenbecher. Zur Frühstückszeit setzten wir uns auf die Couch im Wohnzimmer und warteten artig auf die heiße Milch.

16

Der Mercedes rast über die Autobahn. Ich schaue auf den Tachometer und drossle die Geschwindigkeit. 180, 160, 140. Auf der mittleren Spur kann ich entspannter fahren. Mit dem nach oben gestreckten Kinn und den geschlossenen Augen sieht meine Goßmutter aus wie eine Mumie. Sie schläft. Die Kopfstütze dient als Verlängerung der Wirbelsäule. Aus ihrem leicht geöffneten Mund strömt Luft. Mounas Schnarchen klingt wie ein Schnurren. Sie ist eine Katze.

Wovon die alte Dame wohl träumt? Wem ähnelt sie in ihren Träumen? Hat sie, wenn ihre Augen geschlossen sind, den Körper der Zwanzigjährigen, der Vierzigjährigen oder die äußere Hülle von heute?

Träumt sie von einem schöneren Leben? Davon, ein bisschen unsterblich zu sein? Ist sie traurig, fröhlich, wütend, verrückt oder beherrscht? Beunruhigt oder einfach nur entspannt?

Ich glaube, Mouna denkt an die Zeiten, die nicht wiederkehren, und sieht in ihren Träumen Episoden aus ihrer Jugend vorüberziehen. Vielleicht wappnet sich die alte Dame mit dem silbergrauen Haar auf diese Weise für ihre düstere Zukunft, bereitet sich in der Nacht darauf vor, den nächsten Tag zu bewältigen, und mobilisiert ihre letzten Kräfte.

Sie ist nicht allein.

Im Traum sieht sie das Meer vor Augen, das Ziel unserer Reise. Einen kurzen Augenblick taucht das wütende Gesicht ihres Mannes auf. Kaum hat Mouna die Dünen erreicht, nähert sie sich dem Ufer. Sie streicht über den Sand, versinkt im Wasser, zuerst mit einem Zeh und dann mit einem Bein, ehe sie sich vollständig angezogen in die Fluten stürzt und sich von der Strömung treiben lässt. Der Himmel über ihrem Kopf ist schwarz. Es ist ein Abgrund.

Ihre Hände sind Seesterne. Ihr Ausflug ähnelt Nemos Reise. Auf der Suche nach der verlorenen Strömung trifft sie auf ihrem Weg Säugetiere und alte Erinnerungen, Gesichter, Gestalten, Geister, Gespenster und viele, viele Echos.

Im Wasser macht Mouna, die Fremde, den toten Mann. Wie in einem riesigen Whirlpool kneten die Wellen ihren schmächtigen kleinen Körper. Nach der Massage ergreift sie ein Seil und klettert zu dem tiefblauen Himmel empor, zu dieser Wolke, die ihr überallhin folgt und die zugleich Engel und Teufel ist. Vielleicht bringt sie sie Gott ein bisschen näher. Sie ist ihr persönlicher Bote und vielleicht sogar ihr ständiger Berichterstatter. Mouna steigt immer höher, entdeckt schließlich einen Steg, auf dem sie sich in Sicherheit bringt und auf dem sie den Abdruck ihrer nassen, kleinen Füße hinterlässt. Nachdem sie den sicheren Hafen erreicht hat, beobachtet sie von oben das Treiben in der Stadt. Auf einer riesigen Karte zoomt sie alles näher heran und erkennt deutlich die einzelnen Lamellen der blauen Fensterläden ihres Hauses und ein Stückchen weiter die Résidence des Lilas.

Überall leuchten Lichter auf, und das Funkeln der Glühwürmchen breitet sich fächerförmig aus. Mouna stößt einen lauten Schrei aus und lacht herzhaft. Sie hält die Hände wie einen Trichter vor den Mund und schreit den Namen eines anderen Mannes.

Alte Leute träumen immer von ihrer verlorenen Liebe.

Sie öffnet ein Auge.

Mein Handy vibriert. Laurence will wissen, wann ich von meinem Ausflug zurückkehre, und spricht wieder von diesem blöden Essen.

Es ist wichtig, meint sie, dass ich die anderen kennenlerne. François, Laurent, Nicolas und sogar Jacques. Er ist mit seinem Freund auf der Durchreise und hält sich gerade in der Gegend auf. Sie sagt, sie freue sich auf dieses große Essen mit allen, die sie liebt. Ihr liege wirklich viel daran, dass ihre Familie mich kennenlernt, dass die Kinder auch dabei sind und dass alle schöne Stunden miteinander verbringen. Ich soll überlegen, ob es mir angesichts der Reise mit Mouna, die sie nicht kennt, aber dennoch sehr mag, am Dienstag oder Donnerstag besser passt.

Laurence liebt andere Menschen, auch ohne sie zu kennen. Es ist ein Wunder, wie man so viel Liebe empfinden kann. Bei mir ist es ähnlich. Ich liebe eine Großmutter, die ich kaum kenne. Und ich weiß nicht, warum diese Liebe mit jedem Kilometer größer wird.

»Wovon hast du geträumt, Mouna?«

Sie schließt die Augen.

»Ach, weißt du, mein Schatz, träumen ist so, als hätte man Gefühle für jemanden, der sie nicht teilt. Es bringt nichts.«

Sie wechselt das Thema, als wollte sie mir signalisieren, dass dem nichts hinzuzufügen sei.

»Ich habe gehört, dass du mit deiner neuen Freundin gesprochen hast. Das ist wirklich amüsant. Ich hoffe, du gehst hin. Wenn du möchtest, können wir früher nach Hause fahren. Eine Familie ist wichtig.«

»Nein, Mouna. Es bleibt alles so, wie wir es besprochen haben. Mach dir keine Sorgen. Im Augenblick bist du meine Familie.«

Alice, Laurence, Mouna, eine Bergkette, drei Gipfel, drei unterschiedliche Vorstellungen von der Welt, der Liebe, den Männern, und ich als gemeinsamer Nenner. Vielleicht bildet man auch eine Familie, wenn man als Bindeglied zwischen Fremden dient. Hätten sich die Wege von Alice, Laurence und Mouna ohne mich gekreuzt?

Die richtige Familie ist die, die man selbst gründet, wobei der Zufall eine große Rolle spielt.

Ich weiß nicht, warum, aber Mouna inspiriert mich. Mit meiner Großmutter ans Meer zu fahren, um ihr den letzten Traum zu erfüllen, verleiht mir endlich das Gefühl zu wissen, wer ich bin.

Ich pflege mein Ego, führe mir meine Sorgen vor Augen und beschwichtige mich sogleich. Ich schotte mich mit Frauen ab, einer bunt gemischten eifersüchtigen und rebellischen Leibgarde. Sie bereiten mir Kummer und sind zugleich die Lösung meiner Probleme, meine Sterne am Himmel und mein Klotz am Bein. Ich träume von der großen Harmonie und richte zugleich ein riesiges Chaos an. Wenn das Leben von mir verlangt, mich zu entscheiden, zeigt sich mein Selbstzerstörungstrieb, und ich entwickle große Kreativität darin, anderen zu schaden. Nun befreie ich mich selbst. Endlich lasse ich zu, dass Alice ihr neues Leben führt, und ich spüre, dass ich bereit bin, meins mit Laurence zu teilen. Ich akzeptiere ihre Weltanschauung, ihre Liebesbeziehungen, die sie nicht vollkommen begraben will, ihre mir fremden Söhne, und lasse mich mit meinen Töchtern auf sie ein. Über Alma und Claire, die mich mein ganzes Leben auf meinen Irrfahrten begleiten werden, verhandle ich nicht.

Diese Fahrt ist überaus lehrreich: Ich will nicht mehr leiden, wenn ich zurückschaue, und keine Angst mehr haben, wenn ich nach vorn schaue.

Ich nähere mich mit meiner eigenartigen Reiseführerin, der ich den Weg weise, unserem Ziel, und alles wird klar.

Unsere Herkunftsfamilie mit Eltern, Brüdern und Schwestern ist auch nicht ideal. Man verbringt seine Zeit damit, sich nach ihr zu sehnen, und das ganze Leben, ihr zu entfliehen. Welche Werbespots wollen uns eigentlich weismachen, eine Bilderbuchfamilie mit all ihren Klischees sei die Basis des Glücks?

Ich betrachte Mouna. Sie ist stark und zart zugleich, geistesabwesend und verschwiegen, und ich erwähle sie nicht zu meiner Großmutter, sondern zu meiner Freundin. Ich mache sie zu meiner zweiten Frau, vergesse, dass sie die Mutter meines Vaters ist, verdränge die Wurzeln und die wild wuchernden Pflanzen, die den Stammbaum angreifen. Ich säge den Ast mit der Motorsäge ab und fache mit dem Kleinholz das Feuer in meinem Inneren an. Ich nehme Mouna unter meine Fittiche, weil es mein Wunsch ist und es mir Freude bereitet. Ich bin mit ihr zusammen, weil es mich glücklich macht, sie zu lieben.

Ich würde gerne das Lenkrad loslassen, sie in meine Arme schließen und den Wagen ins Grüne rollen lassen. Niemals zuvor habe ich mich so lebendig gefühlt. Als ich von der Autobahn abfahre, sage ich mir zum ersten Mal in siebenunddreißig Jahren, dass das Leben schön ist.

17

Man kann das Meer und die hohen weißen Kreidefelsen in der Ferne erahnen. In wenigen Minuten werden wir die von der Natur geschaffenen Torbogen erblicken und uns an dem Anblick der Felsen erfreuen, die wie Schilf aus dem Wasser ragen. Wir werden uns einen Spaß daraus machen, nach dem Felsen Ausschau zu halten, der wie ein Elefant geformt ist. Mouna wird mir erzählen, welcher Schriftsteller als Erster den Rüssel entdeckt und geschrieben hat, das Tier habe Durst. Ich werde mir ihre Geschichte anhören und so tun, als hörte ich sie zum ersten Mal.

Im Augenblick schlängelt sich die Straße noch durch die grüne Landschaft, und der Wind trägt den Duft des Heidekrauts und des Meeres davon.

Gleich endet die asphaltierte Straße und geht in einen Feldweg über, an dessen Rändern Greiskräuter und Rotschwingel wachsen. Später folgt eine Heidelandschaft mit Stechginster.

Ich stelle mir das Ende unserer Reise und unsere Ankunft an unserem Ziel bildlich vor. Mouna erkennt sofort den Klee mit den behaarten Blättern, zeigt mir den Echten Wundklee und spricht über den unansehnlichen Meerkohl, den ich immer traurig und hässlich fand.

Wir fahren an der wilden Küste entlang. Uns wird es schwindelig, als wir von oben eine große braune Möwe bewundern, die ins Leere stürzt. Wir denken uns eine Geschichte für die Möwe aus und überlegen, welches Schicksal sie haben könnte.

Mouna willigt ein, sich in ihren Rollstuhl zu setzen, und ich schiebe sie zwischen dem hohen Gras hindurch den freien Pfad hinunter. Ab und zu rollen die Räder über das nasse Gras an den Rändern, wo wir Spuren unseres kleinen Ausflugs hinterlassen. Wir wagen uns bis zum Abgrund vor. Ich lege Mouna eine schwarze Decke über die Knie und das graue Seidentuch um die Schultern, damit sie nicht friert. Die unberechenbaren Windböen verfangen sich immer wieder in dem Tuch und blähen es auf wie ein Segel. Mouna hat Mühe zu verhindern, dass es wegfliegt. Schließlich bekommt sie die Ecken zu fassen und knotet das Tuch über der Brust zusammen.

Wir haben Appetit auf Krabben, Samtkrabben, Taschenkrebse, Langusten, Strandschnecken und rohe Napfschnecken, die uns auf gebuttertem Brot serviert werden. Wir wollen uns mit zerzaustem Haar in der Gischt umarmen, tief einatmen und uns von dem feinen Regen besprühen lassen.

Gleich sind wir am Ziel.

Das Wetter ist nicht gut, aber die Stimmung dafür hervorragend.

Mouna beginnt zu summen, als das wunderschöne Lied von Elvis erklingt. Den Text kennt sie nicht. Ich summe mit ihr und schalte den Scheibenwischer ein.

Wise men say only fools rush in
But I can't help falling in love with you
Shall I stay
Would it be a sin
If I can't help falling in love with you

Like a river flows surely to the sea
Darling so it goes
Some things are meant to be
Take my hand, take my whole life too
For I can't help falling in love with you.

Das Hotel ist ein kleiner Landsitz. Es steht versteckt zwischen Bäumen und Büschen auf einem Felsen oberhalb der Stadt, die auf beiden Seiten von Hügeln begrenzt wird. Gegenüber schlängelt sich ein kleiner befestigter Weg den Felsen hinauf, an dessen Ende man das Gefühl hat, in die Unendlichkeit zu blicken. Oben auf dem Felsen gibt es nur noch den Himmel und hundert Meter tiefer das Meer. Je nach Licht sieht es so aus, als würden Himmel und Erde auf unsittliche, stürmische Weise miteinander verschmelzen. Dieser Eindruck entsteht vor allem, wenn dichter Nebel den Horizont wie eine graue Mauer verschleiert. Dann kann man nicht erkennen, wo der Abgrund beginnt. Um Unfälle zu verhindern, versperrt ein Eisengitter auf einem Felsvorsprung den Zugang zum Rand der Klippen. Dahinter lauert die Gefahr. Man braucht nur auszurutschen, und schon stürzt man im freien Fall in die Tiefe, ehe man unten auf einem spitzen Felsen aufschlägt und sich den Schädel zertrümmert. Das Ende einer Epoche.

An stürmischen Tagen biegen die Bäume sich so stark, dass sie beinahe den Boden berühren. Das Rauschen der Brandung weckt die Urlauber mitten in der Nacht, denn das Echo hallt bis zu den Türen.

Im Hôtel des Deux Chats habe ich als Kind oft mit Mouna meine Ferien verbracht. Es verdankt seinen Namen den beiden Türmchen mit den Erkern, über denen zwei steinerne Katzen den Horizont bewachen. Die beiden Wächter beziehen sich auf eine alte Seemannsgeschichte und sollen das Andenken der Bewohner des ehemaligen Leuchtturms bewahren, die bei einem Unwetter ums Leben kamen. Sie starben, nachdem sie zehn Fischern in Seenot das Leben gerettet hatten. Die Legende von den beiden Katzen handelt von Menschen, die sich für andere geopfert haben.

Trotz der stets feuchten Luft an diesem Ort ist Mouna immer gerne hierher gefahren, besonders im Frühling.

Ich erinnere mich, dass ich hier Ostereier gesucht habe, die überall versteckt waren. Und wenn der Abend hereinbrach, sah ich meine Großmutter begeistert Poker spielen – ein Glas Whisky in der einen Hand und zwei Könige in der anderen. Mit einer Zigarette im Mund erlaubte Mouna mir immer, in Schlafanzug und Bademantel noch ein bisschen draußen herumzulaufen. Mit einem Augenzwinkern bat sie den Besitzer, heimlich den Fernseher für mich einzuschalten. Viele Jahre später ermutigte sie mich, nachts mit den anderen Ferienkindern herumzustreifen und auf gar keinen Fall Angst zu haben.

Sobald ein Mädchen in meinem Alter ankam, drängte sie mich, es kennenzulernen. Sie baute sich vor mir auf und befahl mir in lautem Ton, die Koffer der Schnepfe nach oben zu tragen. Zum Spaß versicherte Mouna dem Mädchen, dass ihr Enkelsohn sich gut in der Natur auskenne und ihr, wenn sie Lust dazu habe, die Umgebung zeigen könne. Er könne sich auch mit ihr den Mond anschauen und ihr die Sternbilder erklären, fügte sie hinzu.

Als sie mich bat, mit ihr ans Meer zu fahren, musste ich nicht lange überlegen, wohin die Reise gehen sollte.

Ich wusste, dass es ihr Traum war, nach all den Jahren mit mir hierher zu fahren. In der Hoffnung, dass die ehemaligen Besitzer das Hotel noch führen, rief ich dort an, doch sie hatten es schon vor einiger Zeit verkauft. Das Ehepaar von rund fünfzig Jahren, das uns die Zimmerschlüssel gibt, ist uns daher vollkommen fremd. Die beiden führen das Hotel seit acht Jahren und haben in unserem Feriendomizil nicht viel verändert. Meinem Wunsch entsprechend, gibt mir der Mann die Schlüssel der Zimmer 14 und 15. Das sind die einzigen Zimmer in dem Hotel, die eine Verbindungstür haben und die normalerweise für Familien mit kleinen Kindern reserviert sind. Viel seltener für

Enkelsöhne und ihre Großmütter. Mouna besteht darauf, das kleinere der beiden Zimmer zu nehmen, und lässt keine Widerrede gelten. Ich muss akzeptieren, dass sie in meinem Kinderbett schläft und ich in ihrem Zimmer. Dieser Rollentausch verleiht mir plötzlich das Gefühl, ein Mann zu sein. Es wurde auch höchste Zeit.

Hinter der Rezeption reihen sich fünfzehn Zimmer aneinander. Einige liegen versteckt hinter einer geschwungenen Treppe. Die Zimmernummern leuchten ebenso wie die grünen Notausgangsschilder automatisch auf, wenn das Licht ausgeschaltet ist.

Mouna hakt sich bei mir ein und steigt langsam die Treppe hinauf. Sie lässt ihren Stock über die Stufen schleifen, und es hört sich an, als erklängen die Töne eines sonderbaren Xylophons. Es würde mich nicht wundern, wenn Mouna gleich Luftsprünge machen würde.

18

Das breite, etwas zu kurze Himmelbett mit den Nachttischlampen, auf denen die Lampenschirme wie schiefe Baskenmützen sitzen. Der kleine Schreibtisch aus massivem Holz, die orangerote Bank für das Gepäck, die unregelmäßigen Fransen des mit Samt bezogenen Hockers, der noch immer hinter der Tür steht; die Wandlampe aus Pressglas, das über dem Bett hängende Bild mit einem von Weinreben umrankten Paar. Nichts hat sich verändert seit dem letzten Mal. Die Wände sind mit einer Stofftapete verkleidet. Der rote Stoff aus Jouy ist an einigen Stellen ausgeblichen und spielt ins Rosafarbene. Durch die Feuchtigkeit, die hier und da ein paar Ränder hinterlassen hat, wellt sich der Stoff, sodass die Figuren reliefartig hervorgehoben werden. Drei Motive wiederholen sich auf allen vier Wänden des Zimmers.

In der ersten Szene werden zwei Frauen auf der Jagd dargestellt. Eine bläst ins Horn und führt drei kleine Jagdhunde an der Leine. Die andere spannt einen Bogen und weist die Richtung, der zu folgen ist. Dann taucht eine Meute größerer Hunde auf. Sie jagen einen springenden Hirsch, der vor der wilden Meute flieht. Während er gehetzt und außer Atem versucht, die Sümpfe zu erreichen, bohrt sich ein Pfeil in seine Schulter. An dieser Stelle beginnt eine neue Bahn, daher endet die Szene abrupt. Auf die Jagdpartie folgt ein kleines Bild mit einem ländlichen Motiv. Dort steht nur ein Haus aus Stein, vielleicht der sichtbare Teil eines Weilers. Es erinnert mich an die Résidence des Lilas. Ein Mann kniet vor einem Maulesel, der mit einem seiner Vorderhufe in eine Wolfsfalle geraten ist. Auf solchen Motiven biegen die Bäume sich immer stark im Wind. Die letzte Szene wirkt naiv und bedrohlich zugleich. Nur durch eine schmale Pappel verdeckt, ragt im Hintergrund eine Burg auf. Am Himmel fliegen zwei kleine Engel, die auf einer dicken Wolke das Medaillon einer Frau tragen. Ihr männliches Profil hat mir nie gefallen. Als Kind habe ich es vermieden, in der Dunkelheit ihrem leblosen Blick zu begegnen, weil ich wusste, dass ich sonst Albträume bekommen hätte. Als ich nun Jahre später dieses Bild betrachte, erinnere ich mich an einen Schrei von mir mitten in der Nacht und an Mouna, die ihre Arme um mich schlingt, um mich zu beruhigen.

Ich sehe meinen Großvater im Schatten der Tür stehen. Er stand immer schweigend hinter Mouna und erweckte den Eindruck, sie zu beschützen. Wir wagten es nicht, etwas zu sagen, weil wir Angst hatten, diesen ruhigen Riesen zu sehr aufzuregen und den Vulkan zum Leben zu erwecken. Er brauchte die Stimme nur ein wenig zu heben, und schon gehorchten wir. Meistens sprach dieser wortkarge Mensch jedoch nicht mit seinen Enkelkindern. Er begnügte sich damit, mit dem Kopf zu nicken, wenn meine Großmutter etwas sagte.

19

Ich habe ihren Koffer ausgepackt, ihre Sachen zum Teil aufgehängt und das Nachthemd auf ihr Kopfkissen gelegt.

Mouna, die auf dem Schreibtischstuhl sitzt, dreht sich zu mir um. In dem schwindenden Tageslicht dringen orangerote Lichtstrahlen durch das Fenster in den Raum und verfangen sich in ihrem silbergrauen Haar. Die Fahrt hat ihrer Wasserwelle arg zugesetzt, und das Dämmerlicht wirft eine Art unförmigen Drachen an die Wand. Er hat das Maul geöffnet und soeben die Köter von der Stofftapete aufgefressen. Die Abenddämmerung verschlingt das halbe Gesicht der alten Dame, und von der anderen Seite löscht der Schatten den Rest nach und nach aus. Jetzt sitzt ein Gespenst vor mir. Zwei hohe Kiefern, die vollkommen reglos draußen stehen, beobachten uns durch das Fenster.

Die Ruhe ist ein Beichtstuhl, und sie bietet uns diese eigenartige Gewissheit, allein auf der Welt zu sein. Das Gespenst im Gegenlicht spricht mit flüsternder Stimme.

»Ich bin glücklich, Antoine, und ich danke dir. Es ist herrlich, hier zu sein. Dass du daran gedacht hast, mit mir dorthin zu fahren, wo wir so viele Urlaube zusammen verbracht haben.«

»Ich bin auch glücklich.«

So viele Jahre später mit dir an diesem Ort zu sein.

Plötzlich steigen tausend Erinnerungen in mir auf. Ich hatte sie zu schnell begraben.

»Du hast doch nicht deine Kindheit vergessen? Weißt du, manchmal sollte man sie ganz fest umarmen.«

»Ich nehme an, das ist der Sinn einer solchen Pilgerfahrt.«

Mouna kommt langsam auf mich zu. Als ein Lichtstrahl auf sie fällt, nimmt sie wieder menschliche Formen an. Sie öffnet ihre großen Augen und erklärt mir, dass die schönen Dinge trotz der vielen Jahre, der Falten und des nachlassenden Gedächtnisses schön bleiben. Während das Leben mit uns seine Mätzchen macht – denn das Leben kann uns schnell einmal aus dem Konzept bringen und eine böse Wende nehmen –, darf man nicht zögern, in sein Inneres hinabzusteigen und einen Geruch, einen Gegenstand, ein Bild, eine Note oder etwas Schönes hervorzuholen, um der Gewalt zu trotzen und sich auf diese Weise zu beschützen. Einfach abzuhauen ist niemals schwierig. Jedem Menschen stehen in seinem Inneren jedoch eine ganze Reihe von Möglichkeiten zur Verfügung, und es genügt, sich die Mühe zu machen, sie zu suchen.

»Und wenn du dich umschaust und dein Leben betrachtest, warst du glücklich in all den Jahren?«

»Eines habe ich gelernt, mein lieber Antoine, auf das Glück kann man gut und gerne pfeifen. Das ist es nicht, was letztendlich zählt, denn das bedeutet alles und nichts. Wichtig hingegen ist die Freude des Augenblicks. Ich habe gelernt, sie zu erkennen und mich auf sie einzulassen, ein Mal wenigstens, mein Gott! Ja, Antoine, ich war glücklich, sehr glücklich, trunken vor Glück. Und dann habe ich mich abgewendet, weil ich mich nicht dazu entschließen konnte, alles hinter mir zurückzulassen.«

»Was meinst du damit?«

Einen kurzen Moment herrscht Stille. Mouna beendet das Gespräch und schaltet auf ein anderes Programm um.

»Heute habe ich einmal die Gelegenheit, mir einen Whisky zu genehmigen, und das werde ich ausnutzen. Mein letztes Glas habe ich Weihnachten bei deinem Vater getrunken. Kannst du dir das vorstellen? Was für eine Schande, dass man die Alten auf dem Trockenen sitzen lässt. Reich mir deinen Arm und führ mich aus.«

20

In dem Lokal herrscht das typische Flair eines englischen Pubs. Die Holztheke beschreibt einen Halbkreis, und die drei auf Hochglanz polierten Zapfhähne genau in der Mitte fallen sofort ins Auge. Die Spiegel hinter der Theke reflektieren sich in den ihnen gegenüberliegenden, wodurch dieser Bereich viel größer wirkt, als er ist. Die zahlreichen Spiegelungen erwecken den Eindruck, die Schiffsmodelle, die zwischen den Flaschen mit altem Rum und den zu einer Pyramide aufgetürmten Whiskygläsern stehen, vervielfachten sich bis ins Unendliche. Aus der Ferne sieht es so aus, als würden sie auf einem Meer aus Öl von Spiegelbild zu Spiegelbild gleiten.

Selbst am helllichten Tag strahlt dieser Raum eine nächtliche Atmosphäre aus, was in erster Linie an dem gedämpften Licht liegt. Die mit granatrotem Samt bezogenen Bänke und Sessel werden von kleinen Lampen auf beigestellten Mahagonitischchen erhellt. Das rote Licht, das an ein Freudenhaus erinnert, verführt zur Preisgabe von Vertraulichkeiten. Das Murmeln der Gäste steigt wie Rauch in die Höhe und verhallt an den dicken Balken der Decke oder in dem großen Bücherregal. In diesem Staubfänger findet man Atlanten, alte Bücher und aktuelle Zeitschriften über das Meer und die Küste. An den Wänden hängen hier und da gerahmte Bilder von Dreimastschonern unter vollen Segeln und belanglose Karikaturen von Freibeutern, die Künstler aus der Gegend mit Kohle gezeichnet haben.

Mouna setzt ihre Brille auf und bleibt vor einem der Bilder stehen. Es ist eine Darstellung der Leuchtturmlegende, die mir auf den ersten Blick gar nicht aufgefallen ist. Die Rettung der zehn Fischer durch die beiden Wächter und das Opfer, das sie gebracht haben. Sie liest laut die Bildunterzeile vor, die anstelle eines Titels oder einer Signatur in krakeliger Schrift rechts unter dem Bild steht:

»›Opfer und Verzicht.‹ Das sind die beiden hässlichsten Wörter der französischen Sprache.«

Meine Großmutter sitzt vor ihrem zehn Jahre alten Aberlour und kichert wie ein Schulmädchen vor seinem ersten Rendezvous. Sie hat um zusätzliche Eiswürfel gebeten, um sich daran zu erfreuen, erklärt sie mir, die Hand in die Eisschale zu tauchen und die Würfel in den Whisky zu werfen wie Kieselsteine ins Wasser.

»Bei jedem Eiswürfel ein Wunsch. Ich nehme zwei und wünsche mir zwei Dinge. Sie müssen sich erfüllen. Dass du endlich die Liebe findest, die du verdienst, und dass du aufhörst, dem Leben immer auszuweichen.«

»Was meinst du damit?«

»Immer ein Auge nach vorn und eins nach hinten. Die beste Möglichkeit, nicht weiterzukommen.«

»Und was wünschst du dir für dich?«

»Dass der liebe Gott mich nicht allzu sehr leiden lässt, wenn er beschließt, mich zu sich zu holen.«

»Du bist unsterblich, Mouna.«

Mouna hat Angst zu sterben, und ich habe Angst zu leben. Wir sind ein tolles Team, wir halten zusammen und stoßen miteinander an. Dieser Whisky ist ein stillschweigendes Abkommen, unsere Art, unsere Sorgen zu bekämpfen. Beim zweiten Schluck spüre ich, dass sie sich entspannt. Behutsam umfasse ich ihre Hand und streichle sie, ehe ich sie küsse, um dieser großartigen Frau Respekt zu erweisen.

Ich habe das Gefühl, vielleicht ein bisschen zu

spät einen Schatz gefunden zu haben, als ich die Tür zur Résidence des Lilas aufgestoßen habe. Der Zugang zu den verborgenen Weisheiten meiner Großmutter stand mir jederzeit offen, aber ich habe ihn bis jetzt nicht genutzt.

In weiter Ferne die belehrenden Ratschläge, die die Älteren uns mitunter aufdrängen, Empfehlungen, die so nichtssagend wie uninteressant sind und die weder Stärke noch Schwäche aufweisen. Sie werden uns schonungslos und emotionslos, gleichgültig, kühl und ohne Überzeugungskraft serviert und sind so unverständlich wie irgendein Handbuch, sodass man letztendlich nie etwas davon behält. Bei ihr ist das anders. Mouna muss mir nicht alles sagen, damit ich es verstehe. Allmählich kann ich in ihr lesen wie in einem Buch. Sie ist eine Landkarte, auf der ich sogar aus der Ferne die Grenzen, die Lichtungen und die Sperrgebiete erahne. Ich spüre, was sie verschweigt, begreife, was unausgesprochen bleibt, entschlüssele ihre Anspielungen, erahne die Frau, die sie in meinem Alter gewesen sein mag, ihre Leidenschaften, denen sie sich nicht hingegeben hat, und den Weg ihres Lebens, der nicht immer geradlinig verlaufen ist.

Das Alter ist eine Täuschung.

Wenn wir sehen, wie die Alten sich über ihre Rollatoren beugen, zusammengesunken in ihren Rollstühlen sitzen, sich beim Essen bekleckern und sabbern, wenn sie einschlafen, vergessen wir schnell, dass diese ergrauten Menschen mit den Falten, den gekrümmten Rücken und den Kreuzworträtseln, die die Rüstigsten lösen, einst so jung waren wie wir.

Männer und Frauen in der Blüte ihrer Jahre, erfüllt von Träumen, Wünschen, Plänen, Überzeugungen, Lust und leidenschaftlicher Liebe, aber auch von Wut und Auflehnung, Unzufriedenheit und Zweifeln. Im Leben all dieser Menschen gab es schöne und traurige Erlebnisse und Abenteuer, die sie vor aller Augen oder heimlich erlebt haben und die glücklich oder unglücklich endeten. Diese Hoffnungen und Enttäuschungen, dieser Kummer und diese Freude, so viele Höhepunkte und so viele Stunden purer Verzweiflung. Alte Menschen leben insgeheim mit demselben Bedürfnis nach Trost wie wir. Ihr Leben ist nicht immer dieser geraden, geregelten Bahn gefolgt, wie man es sich als Kind im Vertrauen auf seine Jugend vorstellt. Äußerlich haben die alten Menschen sich verändert, aber in ihrem Inneren sind sie wie wir, ängstliche Wesen, erfüllt von dieser Sehnsucht nach Liebe, die uns alles andere vergessen lässt und die uns zu der Annahme verleitet, niemand könne unsere Jagd nach dem großen Glück verstehen. Wir glauben, dass niemand vor uns jemals etwas erlebt hat und dass wir die Einzigen sind, die es verstehen, mit diesen Verletzungen und dieser Sehnsucht zu leben, mit dieser Feigheit und Ruhelosigkeit, mit dieser Ungewissheit und Leere. Wir stellen uns das Leben der alten Menschen vor, wagen aber niemals, es richtig kennenzulernen. Denn das Spiegelbild ihres Lebens, das uns beruhigt, kann uns, sobald es etwas deutlicher wird, große Angst bereiten und unweigerlich dazu führen, dass sich unsere Illusionen augenblicklich in Luft auflösen.

Aus diesem Grunde gehen wir niemals, wirklich niemals, das Risiko ein, uns auch nur einen Moment lang vorzustellen, dass unsere Großmutter unseren Großvater ein einziges Mal betrogen und ein flüchtiges Abenteuer mit einem anderen Mann gehabt haben könnte. Es käme uns nie in den Sinn, dass sie irgendwann einmal andere getäuscht, etwas gestohlen und sich heimlich oder öffentlich kompromittiert haben könnte, dass es Leidenschaft, Wut und Heimlichkeiten in ihrem Leben gab, den Gedanken, ihrem Leben ein Ende zu setzen; die ungeheure Sehnsucht nach Freiheit und die Sünde des Fleisches, um ebenfalls, als sie in unserem Alter war, diese entsetzliche, unbeschreibliche Leere zu bekämpfen, die uns zu schaffen macht.

Wir werden zwangsläufig aus allen Wolken fallen, wenn wir uns eingeredet haben, dass es im Leben dieser gebrechlichen Geschöpfe niemals Liebesbeziehungen gab und dass hinten in ihren Schubladen nur Uniformmützen und die Tapferkeitsorden der Veteranen liegen. Die jungen Leute geben sich gern mit dieser Unwissenheit zufrieden.

Alte Menschen halten uns nämlich den Spiegel vor, und davor flüchten wir, damit wir nicht an morgen denken müssen und noch eine Weile dem unvermeidbaren Chaos ausweichen können, das die Arme nach uns ausstreckt.

21

Als Mouna vor ihrem Aberlour sitzt, der sie innerlich erwärmt, legt ihr Körper einen gewaltigen Rückwärtsgang ein, und ihre Haut strafft sich zusehends. Den Blick in die Vergangenheit gerichtet, begibt Mouna sich auf eine Zeitreise. Ihr graues Haar färbt sich kastanienbraun, und die Augenpartie gewinnt ihre einstige Ausdruckskraft zurück. Die Haut an ihrem Hals ist wieder faltenlos und um ein paar Nuancen heller. Ihr straffes, tiefes Dekolleté hebt sich bei jedem Atemzug. Hübsche rote Fingernägel zieren ihre glatten Hände. An einem Finger funkelt wieder ein blauer Saphir, den ihr gerade ein Mann geschenkt hat. Er passt hervorragend zu der Farbe ihrer Augen. Ein Lidstrich zeichnet die Konturen ihrer Augen nach und verleiht ihr in dem schummerigen Licht diese unergründliche, tiefsinnige Miene, die alles über sie sagt. Wenn sie an ihrem Glas nippt, neigt sie den Kopf ein wenig.

In ihrer bescheidenen Art hat sie beim Kellner ein stilles Wasser bestellt und sich anmutig auf den kleinen Lederhocker gesetzt. Sie richtet ihre Aufmerksamkeit auf den Strohhalm, als sie das Wasser trinkt, und runzelt leicht die Stirn.

Sie kreuzt die Beine und zieht behutsam an dem Saum ihres hübschen Seidenkleides mit den weißen Punkten.

Sie wippt rhythmisch mit dem rechten Fuß, an dem der Absatzschuh baumelt, den sie mit dem Eifer junger Frauen ausgesucht hat, die Wert darauf legen, sich nach der aktuellen Mode zu kleiden.

Sie stellt ihr Glas ab und sucht in ihrer kleinen Handtasche aus glänzendem Leder ihre Zigarettenspitze aus Elfenbein und legt sie vorsichtig auf den Tisch.

Sie schaut mich an und nimmt nun, ohne eine Miene zu verziehen, ein silbernes Zigarettenetui aus der Tasche.

Sie steckt eine Zigarette in die Zigarettenspitze, und ich entzünde ein Streichholz. Sie nähert sich mir ein Stück mit dem Oberkörper und legt eine Hand auf meinen Arm, um das Gleichgewicht nicht zu verlieren, als sie die Zigarette anzündet, die aus ihrem vollen roten Mund heraus-ragt.

Sie bittet mich, mit ihr tanzen zu gehen.

Ein Knistern liegt in der Luft.

22

Der Kellner mit dem behaarten Arm bringt ihr die Platte mit den Meeresfrüchten. Seine Ärmel sind bis zur Mitte des Oberarms aufgekrempelt. Bevor er mit erhobenem Kinn die Bestellung aufnahm, hatte er sich gründlich die Hände an seiner blauen Schürze abgetrocknet und notierte dann eifrig die Bestellung von Mouna, der Schildkröte, der Kennerin der Meeresfrüchte, der Spezialistin für Taschenkrebse.

Die schmale Lesebrille auf ihrer Nasenspitze verlieh Mouna eine entfernte Ähnlichkeit mit einer Großmama, ein Eindruck, der in Kontrast zu der souveränen Art und Weise stand, wie sie die Bestellung aufgab: 12 mittelgroße tiefe Austern, 6 große flache Austern, 4 Seeigel, eine Portion Garnelen, eine Portion Krabben, 4 Scampi, 1 Taschenkrebs, 400 Gramm Strandschnecken und dazu natürlich: Wellhornschnecken, Venusmuscheln, Herzmuscheln, Zitrone, Rotweinessig, Schalotten, Mayonnaise, Roggenbrot, Butter, Tang und zerstoßenes Eis.

Mit großen Augen und vergnügtem, wohlwollendem Blick nahm der Kellner den selbstbewussten, energischen Ton zur Kenntnis. Als die alte Dame kurz verstummte, warf er mir ein komplizenhaftes Lächeln zu, denn er begriff, wie wichtig genau dieser Moment des Abends für sie war.

Mouna findet den Kellner tadellos.

Tadellos bedeutet für meine Großmutter alles und in besonderem Maße, dass sich zwischen ihr und ihm etwas abgespielt hat, was man nur selten erlebt. In diesem flüchtigen, unbedeutenden Augenblick erwies der Kellner ihr Respekt. Mouna findet den Kellner TADELLOS, auch wenn er es objektiv betrachtet nicht ist mit der fettigen Schürze, den behaarten Armen und seiner ungehobelten Art. Doch er verhielt sich TADELLOS, indem er ihr mit seinem verständnisvollen Lächeln seine Sympathie bekundete, und vor allem, indem er Mouna seine ungeteilte Aufmerksamkeit schenkte. Mit dem richtigen Maß an Feingefühl, Höflichkeit und Anerkennung ermöglichte er es ihr ohne Mitleid und ohne Arroganz, ihren Platz mitten im Leben zu behaupten. Großmütig und höflich und ohne viel Aufhebens darum zu machen, gab er ihr das Gefühl, ein vollwertiges Mitglied der Gesellschaft zu sein und nicht bloß ein liebenswertes Großmütterchen. Die alte Dame ging ihm auch nicht auf die Nerven, als sie präzise die Anzahl und Menge der Austern und der anderen Meeresfrüchte nannte. Fünf Minuten lang bot der Kellner ihr die Gelegenheit, auf die Bühne zu steigen und die Hauptrolle zu spielen.

In den von der westlichen Kultur geprägten Restaurants der Welt haben alte Menschen nicht mehr das Recht, sich zu Wort zu melden. Natürlich fragen wir sie und machen auch sogleich Vorschläge, was ihnen gut schmecken könnte. Vielleicht berücksichtigen wir sogar ihre Wünsche, wenn ihre Wahl im günstigsten Fall mit ihren Krankheiten und Medikamenten vereinbar ist und das Preislimit nicht überschreitet, das wir uns gesetzt haben. Wir behandeln sie genauso wie unsere Kinder.

Die Bestellung einer Meeresfrüchteplatte ist äußerst kompliziert und setzt gewisse Kenntnisse der Materie voraus. Daher geht kein junger Mensch jemals das Risiko ein, seinem Opa oder seiner Oma diese anspruchsvolle Angelegenheit zu überlassen. Genauso deutlich muss man es leider sagen.

Eines Tages kommt der Zeitpunkt, da man den Alten wie Filmschauspielern während eines Drehs alles abnimmt und sie nur noch den Mund zu halten brauchen. Das ist praktisch, denn oft sind sie schwerhörig und ihr Sehvermögen ist so eingeschränkt, dass sie die Speisekarte nicht mehr lesen können.

Warum werden in den Restaurants die Tagesmenüs immer in kleiner Schrift und mit Kreide auf die Schiefertafeln geschrieben, und warum hängen sie immer so weit entfernt? Um erstens zu verhindern, dass die alten Leute auch nur eine Sekunde mit dem Gedanken spielen, selbst zu sagen, was sie gerne essen möchten. Und zweitens, um ihnen vor Augen zu führen, dass zu den hundert schönen Dingen, zu denen sie nicht mehr fähig sind – sich erinnern, malen oder Sex haben – auch dieses Vergnügen gehört: ein leckeres Essen bestellen.

Die Gefangenen in der Résidence des Lilas bestellen nichts mehr und beschränken sich schwach und unterwürfig aufs Gehorchen. In ihren Köpfen spuken nur noch ein paar Fluchtträume herum, die sie jedoch längst aufgegeben haben. Darum bleibt ihnen keine andere Wahl, als sich in ihre Gedächtnislücken zu verkriechen und einen endlosen Winterschlaf zu halten.

Im Gegensatz zu vielen anderen sieht Mouna mit ihren achtundachtzig Jahren gut und hört auch gut. Sie gibt ihre Bestellung auf wie eine richtige

Dame, die für ihr Alter noch recht rüstig ist. Jedenfalls so rüstig, dass sie nach den beiden Gläsern Whisky gerne ein Glas trockenen Weißwein trinken möchte, weil:

»Meeresfrüchte ohne einen trockenen Weißwein, das geht doch nicht, oder?«

Ich betrachte sie und finde, es ist eine Gemeinheit der Natur, uns eines Tages einen solchen Schlag zu verpassen. Wir sollten alle sterben, ehe wir vollkommen von anderen abhängig sind. Es stellt sich allerdings die Frage, wie man diese rote Linie ziehen soll? Woher sollen wir wissen, wann es so weit ist? Ich weiß nicht, wie ich in ihrem Alter sein und ob ich überhaupt an diesen Punkt gelangen werde: alt zu sein, ohne mich wirklich alt zu fühlen, es in den Augen der anderen aber zu sein. Werde ich mich, um mir das alltägliche Leben zu erleichtern, so verhalten wie Mouna, mich in den Schutz eines Altenheims begeben und die Armbinde als Rüstigster der Gruppe übernehmen? Werde ich mir immer wieder sagen, dass ich im Vergleich zu meinem Nachbarn noch genug Zeit habe und dass vielleicht sogar noch das ganze Leben vor mir liegt? Vielleicht mache ich auch genau das Gegenteil. Ich bleibe bis zum Schluss zu Hause, bis der Tod mein Leben beendet und man mich ein paar Tage nach meinem Sturz von der Treppe findet, bei dem ich mir den Schädel aufgeschlagen habe. Ich wundere mich, dass Mouna sich nicht für die Möglichkeit entschieden hat, bis zum letzten Atemzug unabhängig zu bleiben. Es überrascht mich, dass Mouna trotz ihrer Kämpfernatur die Entscheidung getroffen hat, in ein Altenheim zu ziehen. Warum beschließt ein Mensch, der noch gut alleine zurechtkommt, in Gesellschaft der Gebrechlichsten und Schwächsten seiner Generation sein Leben zu fristen?

Ich weiß nicht, was ich machen werde, wenn ich mich eines Tages in ihrer Situation befinde und das Ende des Lebens in greifbare Nähe gerückt ist. Ich weiß es nicht, und eigentlich habe ich auch keine große Lust, es zu erfahren. Als ich Mouna dabei beobachte, wie sie ihre Wellhornschnecke graziös und mit geübter Hand aus der Schale herauszieht, wird mir bewusst, dass es wirklich verrückt ist, so lange gewartet zu haben, um an diesen Ort zurückzukehren. Hätte ich gewusst, dass dieser kleine Ausflug uns so viel Freude bereiten würde, wäre ich schon längst mit ihr ans Meer gefahren.

In jedem Fall ist es besser, mit ihr hier zu sein, als mir von Wehmut erfüllt den Videofilm von Alices Hochzeit und die Fotos ihrer Hochzeitsreise anzusehen, die Nostalgie meiner gescheiterten Beziehungen anzufachen, meine Wunden zu lecken, mir immer wieder meine unzähligen Sehnsüchte vor Augen zu führen, reglos vor dem Leben zu verharren, das mir entgleitet, kein richtiger Vater mehr zu sein und weit davon entfernt, ein guter Stiefvater zu werden. Noch bin ich jung, und doch lebe ich am Leben vorbei, weiche ihm aus, statt es beim Schopf zu packen und etwas daraus zu machen. Ich bleibe unentschlossen, bis der absolute Stillstand eintritt. Ich kehre dem Leben den Rücken zu.

23

Meine Großmutter findet unsere Schlemmerei wahnsinnig romantisch. Während ich mich auf meine Austern konzentriere, erzähle ich Mouna, dass ich meine letzten Garnelen gemeinsam mit Laurence gegessen habe.

Es war ganz zu Beginn unserer Beziehung, an dem Tag nach dem Essen bei gemeinsamen Freunden. Nun, es waren eher Freunde von ihr und gute Bekannte von mir. Ein Essen wie Tausende anderer Essen auch, bei denen man nach einer gewissen Uhrzeit die Weine, die die Gäste mitgebracht haben, wahllos durcheinandertrinkt.

Zu Beginn des Abends begrüßten wir uns und verloren uns dann fast aus den Augen. Grund dafür war eine riesige Tulpenvase, die an einer Ecke des Tisches stand und uns die Sicht aufeinander nahm. Je nach der Körperhaltung, die Laurence gerade einnahm, konnte ich ein Stück ihrer Stirn, einen Teil ihrer Augenpartie und vor allem – daran erinnere ich mich genau – ihren Schwanenhals sehen. Aus meiner Perspektive kam er mir so lang vor wie der einer Balletttänzerin. Nachdem wir die Clementinen gegessen hatten und ich von irgendeinem ekelhaften Fusel mittlerweile schon leicht beschwipst war, kam ich auf die grandiose Idee, die Tulpenvase so zu drehen, dass sie meine Sicht nicht länger behinderte.

Während wir über Gott und die Welt sprachen, blieb Laurence vollkommen entspannt und wickelte diese lange, braune, lockige Strähne am Hinterkopf um ihren Finger. Dann legte sie die Hände auf die Wangen und beugte sich bis zur Mitte des Tisches vor. Ich fand sie einfach hinreißend, wie sie wie eine aufmerksame Zuhörerin vor mir auf der Lauer lag. Aufgrund dieser Position und ihrer charmanten Ausstrahlung fasste ich den Mut, sie um ihre Telefonnummer zu bitten, allerdings nicht, ohne ihre beiden Sitznachbarn ebenfalls nach ihren Telefonnummern zu fragen. Schüchtern und taktvoll wie ich bin, folgte ich meiner inneren Stimme, wobei meine Taktik jedoch sofort von allen durchschaut wurde. Als ich mein Blackberry aus der Tasche zog, nannte sie mir ihre Handynummer, und ich tippte sie gleich ein. Laurence ließ sich nicht herab, auf meine erste SMS zu antworten, die ich ihr noch immer ziemlich betrunken ein paar Stunden später schrieb.

Anschließend setzte ich mein Leben fort, als wäre nichts geschehen. Ich besprühte mein Kopfkissen mit Alices Parfum, drückte es wie ein Verrückter an meine Brust und brach mit geröteten Augen und von Sehnsucht erfüllt zusammen.

Gegen elf Uhr am nächsten Tag schrieb sie nur, dass sie Lust habe, mich bei Gelegenheit wiederzusehen. Ich ergriff die Gelegenheit sofort beim Schopf und lud sie noch am selben Abend in das Fischrestaurant ein, in dem ich an einem Dezemberabend schon einmal mit Alice gegessen hatte.

Natürlich war es kein schlechtes Lokal und auch kein schummeriger Schuppen, der sich auf erste Dates, Hochzeitstage und dergleichen spezialisiert hatte. Nein, es war ein schickes Restaurant im Rokokostil, in dem gelbe und goldene Farbtöne vorherrschten. Das behagliche, gediegene Ambiente sorgte dafür, dass eine Frau, mit der man gerne eine romantische Nacht verbringen wollte, nicht den Wunsch verspürte, das Weite zu suchen, sondern sich rundum wohlfühlte.

Uns beiden war schnell klar, dass sich zwischen uns etwas anbahnte. Laurence überließ mir die

Austern, und ich schenkte ihr meinen halben Taschenkrebs. Während wir den trockenen Weißwein tranken, verbrachten wir einen angenehmen Abend, an dem es uns allerdings nicht gelang, ein Thema junger Leute, die nicht mehr ganz jung sind, auszuklammern: Kinder.

»Wie hast du reagiert, als sie dir gesagt hat, dass sie drei große Jungen hat?«

»Mann, ich wollte nur noch weglaufen! Am liebsten wäre ich sofort ins Bett gegangen – alleine. Ich wollte Mönch werden und mich für alle Ewigkeit in ein Kloster verkriechen. Doch dann nahm sie meine Hand und drückte sie an ihre Wange, als wollte sie mir zuflüstern, hab keine Angst, Antoine, so etwas kommt vor. Weißt du, Mouna, mit so etwas hätte ich niemals gerechnet. Das ist natürlich in der heutigen Zeit vollkommen idiotisch, aber nun, die Kinder eines anderen, das ist eben nichts für mich.«

»Das ist das moderne Leben, Antoine. Man muss sich anpassen. Und du musst dich an den Gedanken gewöhnen, Vater und Stiefvater zu sein. Du bist wirklich altmodisch. Zu meiner Zeit war nicht vielen Menschen das Glück vergönnt, so viele Möglichkeiten und eine so große Entscheidungsfreiheit zu haben. Man brauchte schon einen starken Willen. Ich kannte Leute, die hätten alles darum gegeben, mit dir tauschen zu können.«

Mouna erklärt mir mit der Überzeugung einer nostalgischen Großmutter, dass ich genug Liebe in mir habe, um etwas Neues aufzubauen. Sie meint, dass es unsinnig sei, auf dem Bahnsteig stehen zu bleiben und zuzuschauen, wie die Züge vorbeifahren. Diese Laurence scheine in Ordnung zu sein, und außerdem sei es ganz egal, wie lange die Sache halten wird.

»Das Leben vergeht so schnell, dass man keine Wahl hat. Man muss es mit beiden Händen ergreifen, akzeptieren, dass es Situationen gibt, die wir nicht kontrollieren können. Und man darf sich keine Sorgen machen.«

Sich keine Sorgen machen. Mouna bittet mich, nicht über das nachzudenken, was kommen wird, sondern im Hier und Jetzt zu leben und vor allem immer, ja, immer, mein Bestes zu geben.

»Die Vergangenheit kannst du nicht mehr ändern, und was die Zukunft bringt, weißt du nicht. Lebe in der Gegenwart und liebe in der Gegenwart. Das ist die einzige Lösung, um nicht krank zu werden. Morgen wirst du schon sehen, was die Zukunft für dich bereitgehalten hat.«

Auch in ihrem hohen Alter ist Mouna noch immer eine sehr einfühlsame Frau, und sie versucht, mich zu beruhigen. Sie nimmt meine Hand und tröstet ihren ängstlichen Enkel, der sich ständig Sorgen macht. Genauso wie damals, als ich ein kleiner Junge war und mich in dem roten Zimmer des Hôtel des Deux Chats Albträume quälten und ich in der Nacht ihren Namen rief, ist Mouna, die Schildkröte, für mich da, um mir Trost zu spenden.

24

Ich habe mein Handy auf lautlos gestellt und entdecke die Nachricht erst während des Desserts. Mouna, die gerade den ersten Löffel ihres Eisbechers »Pfirsich Melba« isst, sieht mich besorgt an, als fürchte sie, ich könnte gleich ersticken. Verzerrt durch die Lautstärke und das Rauschen der Mailbox klingt die Stimme meines Vaters wie die von Darth Vader. Als seine ungezügelte Wut aus ihm heraussprudelt, platzt mir beinahe das Trommelfell. Der Anpfiff meines Vaters dröhnt aus dem Lautsprecher und prasselt auf die Seidenbluse der Schildkröte nieder.

»Du verantwortungsloser Idiot! Für wen hältst du dich eigentlich? Glaubst du, du kannst deine Großmutter einfach mitnehmen, ohne jemandem Bescheid zu sagen, und mit ihr eine Fahrt ins Blaue machen? Ich möchte dich daran erinnern, dass ich derjenige bin, der entscheidet, was Mouna machen darf und was nicht. Ich konnte den Leiter des Altenheims gerade noch davon abhalten, die Polizei zu alarmieren. Er ist furchtbar wütend, dass du deine Großmutter entführt hast. Es verstößt absolut gegen die Regeln, jemanden zum Mittagessen auszuführen und ihn dann am Abend nicht zurückzubringen, ohne das Pflegepersonal zu informieren. Bist du eigentlich von allen guten Geistern verlassen? Bring sie SOFORT zurück!«

»Dein Vater ist wütend, nicht wahr?«

»Das kann man wohl sagen, Mouna.«

Mouna hatte mir das Versprechen abgenommen, niemandem etwas von unserem Abenteuer zu verraten. Und ich habe Wort gehalten. Durch diese Flucht bot ich ihr die Möglichkeit, noch einmal in die Haut einer Jugendlichen zu schlüpfen, die ungeduldig wartet, bis die Eltern endlich eingeschlafen sind, ehe sie aus dem Fenster klettert, um sich mit irgendeinem Idioten zu treffen, der mit ihr auf seinem Mofa zu den Dünen fährt, um sich im Mondschein mit ihr das Meer anzuschauen.

Es war ihr Wunsch, und damit basta!

Die Frau an der Rezeption verzog keine Miene, als sie sah, dass ich klammheimlich den Koffer hinaustrug. So etwas interessiert sie nicht die Bohne.

Sie sieht den ganzen Tag stöhnende, kurzatmige Greise wie in Trance durch die Eingangshalle schlurfen. Wie festgeklebt sitzt sie auf ihrem Stuhl hinter der Theke und langweilt sich vermutlich. Sie löst Sudokurätsel, um die Zeit totzuschlagen.

Als die alte Dame mit dem Gehstock nicht zum Abendessen erschien, haben sie die Bewohnerin vermutlich zuerst in ihrem Zimmer und dann im Aufenthaltsraum gesucht, bevor sie ein wenig unruhig wurden. Später gerieten sie mit Sicherheit mehr und mehr in Aufregung und führten sich die unterschiedlichsten Schreckensszenarien vor Augen: ein Schwächeanfall, der sie mitten auf der Wiese zwischen den Apfelbäumen überkam, oder ein Sturz in einem versteckten Winkel des Altenheimes. Vielleicht war sie auch freiwillig aus dem Leben geschieden, oder sie hatte die Flucht ergriffen.

Einmal machte sich ein Opa, der an Alzheimer litt, mitten im Winter aus dem Staub. Der Alte hatte einen lichten Moment und erinnerte sich plötzlich, dass er seit fünfzig Jahren verheiratet war. Drei Kilometer entfernt fanden sie ihn vollkommen verstört im Bademantel und mit nackten Füßen im Schnee. Der Arme murmelte pausenlos den Namen seiner Frau. Ihm war entfallen, dass sie schon vor zehn Jahren das Zeitliche gesegnet hatte.

Es verging bestimmt fast eine Stunde, ehe das Pflegepersonal in Hektik verfiel und schließlich begriff, dass Mouna tatsächlich verschwunden war. Fast eine Stunde, bis sie endlich in Bewegung kamen und die in einem solchen Fall erforderlichen Maßnahmen ergriffen. Eine Ewigkeit.

Mouna ist es völlig egal, dass mein Vater einen Wutanfall bekommen hat. Sie amüsiert sich sogar über die Situation, wohingegen ich mich darüber ärgere.

»Entspann dich, Antoine. Wir lassen uns unsere Reise ans Meer doch nicht davon verderben, dass dein Vater uns zur Schnecke macht, oder? Außerdem bin ich aus dem Alter raus, in dem man mir die Ohren lang ziehen könnte.«

Das Handy hört nicht auf zu klingeln. Ich drücke den Anruf weg. Dann folgen zig Nachrichten.

»RUF MICH AN, VERDAMMT!«

»BRING DEINE GROSSMUTTER SOFORT ZURÜCK!«

»IDIOT!«

In Mounas Miene spiegelt sich Genugtuung, als sie lächelnd sagt:

»Wenn man unter Druck gesetzt wird, muss man ihm standhalten.«

Mein Vater ist ein verwöhntes Nachkriegskind. Der Sohn, der nach dem traumatischen Wiedersehen von Mouna und meinem Großvater nach drei langen Jahren der Trennung geboren wurde. Es war die Zeit des Neubeginns nach dem Ende des Krieges und dem Ende der Welt, dem Sieg des Friedens und der Freiheit, es waren die Jahre des Wiederaufbaus, der Sehnsucht nach Sorglosigkeit – und er war das jüngste Kind der Familie. Vor seiner Geburt hatten meine Großeltern schon zwei Mädchen bekommen, Béatrice und Françoise, Zwillinge, die zu Beginn des Krieges geboren wurden. Die Kleine mit dem lockigen Haar und die Große mit dem glatten Haar, die Blonde und die Brünette, die Dicke und die Dünne, Laurel und Hardy.

Sie wurden in der freien Zone in Sicherheit gebracht, anderen Menschen anvertraut, vernachlässigt und immer mehr sich selbst überlassen. Ihre Mutter schloss sie irgendwann ein wenig verhalten wieder in die Arme, und durch das hartnäckige Schweigen ihres Vaters, der hinter dem Stacheldraht eines Gefangenenlagers ein Fremder für sie geworden war, fühlten sie sich zurückgestoßen. Nachdem die Mädchen geheiratet hatten, verschwanden sie aus dem familiären Umfeld. Sie zogen ans andere Ende der Welt, wo sie in guten Verhältnissen lebten und meine Cousinen und

Cousins zur Welt brachten. Die Cousinen und Cousins mit ihren sonderbaren Akzenten kamen regelmäßig zum Weihnachtsfest, ehe sie ihrerseits ganz aus unserem Leben verschwanden.

Bei der Beerdigung ihres Mannes sah Mouna ihre gesamte Nachkommenschaft zum letzten Mal vereint.

»Manchmal muss man auf große Ereignisse lange warten«, sagte sie vor dem Friedhofstor, als sie mich müde in die Arme schloss.

Der Kontrast zwischen der gebräunten Haut der Zwillinge und dem fahlen Teint meines Vaters sprach an jenem Tag Bände über die ungeheure Ungerechtigkeit des Schicksals. Die Mädchen hörten nicht auf zu weinen, als der Sarg in das frisch ausgehobene Grab hinabgelassen wurde. Ich fragte mich, warum, nachdem sie ihre Eltern so lange nicht besucht hatten.

Seitdem ihre Mutter in die Résidence des Lilas gezogen ist, hat keine von beiden die Reise auf sich genommen, und sei es auch nur, um einmal im Leben ein Altenheim zu betreten. Sie erfinden immer tausend Ausreden und vergessen nie – und zwar nicht ohne eine Spur Zynismus –, ihrem dämlichen Bruder, meinem Vater, zu danken, dass er so überaus freundlich ist, sich um alles zu kümmern. Wenn sie es nicht gerade vergessen, beteiligen sie sich an den Heimkosten für Mouna. Die kleine Dicke hat es an dem Tag, als ihr Bruder seinen beiden Schwestern bei einer Videokonferenz die Kosten für das Heim präsentiert hat, gut auf den Punkt gebracht:

»Diese Nobelherbergen für die Alten sind ganz schön teuer, nicht wahr?«

Die Große mit dem glatten Haar versäumte es nicht anzudeuten, dass es billiger wäre, wenn mein Vater Mouna bei sich zu Hause aufnehmen würde.

»Wenn deine Mutter bei dir wohnen würde, hättest du wenigstens jemanden, der dich wirklich liebt, denn von deiner Frau kann man das ja nicht unbedingt behaupten …«

Der kleinen Dicken machte es Spaß, nach dieser Unverschämtheit, die die große Dünne vom Stapel gelassen hatte, auch noch ihren Senf dazuzugeben. In nette Worte verpackt verpasste sie ihm den nächsten Seitenhieb.

»Eh, kleiner Bruder, nimm es uns nicht übel. Du weißt doch, dass wir dich über alles lieben.«

Die beiden Schwestern fanden es immer ganz normal, dass die Last, die ihre Mutter von nun an darstellte, bis ans Ende ihres Lebens und mit Sicherheit noch über ihren Tod hinaus bei ihrem Lieblingssohn liegen würde.

Mein Vater, das schwächste Glied in der Kette, ein Kind, das zu sehr geliebt wurde von einer Frau, die ihn immer eindeutig vorgezogen und ihn mit ihrer Liebe förmlich erdrückt hat, zahlt viele Jahre später einen hohen Preis für dieses Übermaß an Liebe, diese außergewöhnlich starke Bindung, von der man sich niemals befreien kann. Mein Vater war ein Kind, das von Liebe überschüttet und jahrelang vergöttert wurde, der Liebling seiner Mama und daher der Staatsfeind Nummer eins seines Umfelds, sodass er seit seiner Geburt rings um sich herum Groll und Eifersucht heraufbeschwor.

Seit dem Tod seines Vaters trägt er eine Last mit sich herum, die für seine schmalen Schultern viel zu schwer ist. Seine Schwestern sehen aus der Ferne erfreut zu, wie er unter der Bürde der Verantwortung zusammenbricht. Auf ihm lastet eine Loyalität und Schuld, die jegliche Urteilsfähigkeit verhindert und die ihn lähmt. Ihm fehlt sogar die Kraft, mit seinem Schicksal zu hadern, und er glaubt, sich wegen jeder Kleinigkeit Sorgen machen zu müssen.

Sicher, wenn sie wieder hier wohnen könnten, würden Laurel und Hardy nicht eine Sekunde zögern, Mouna zu sich zu nehmen und ihre ehrwürdige Mutter sogar in einem Zimmer ihrer Kinder wohnen zu lassen, für die es selbstverständlich wäre, dieses Opfer zu bringen.

Durch die weite Entfernung haben sie das Wunder vollbracht, sich für immer aus der Affäre zu ziehen und sich dadurch von jeglichen Gewissensbissen und Sorgen zu befreien – eine einfache, egoistische Entscheidung.

»Meine Schwestern sind blöde Schnepfen.«

Das war der einzige Satz, den mein Vater eines Sonntags herausbrachte, als er auf dem Weg zur Résidence des Lilas vor Wut beinahe platzte. Er saß mit finsterer Miene am Steuer und fügte während der gesamten Fahrt nichts mehr hinzu. Ich versuchte, mehr über Laurel und Hardy zu erfahren und vor allem zu verstehen, warum er als Einziger die Verantwortung für Mouna trug, obwohl sie drei Kinder hatte.

Ich hätte gerne erfahren, was ein Sohn empfindet, wenn er eines Tages der Vater seiner Mutter wird.

Ich hätte gerne gewusst, was er im Grunde seines Herzens empfand und ob es für ihn, wie ich damals glaubte, der Anfang vom Ende war, der Augenblick, da man beginnt, seine Eltern lebendig zu begraben, ehe man sie für immer verliert, der Beginn einer unbeschreiblichen Trauer.

Vielleicht ist es eine Art Vorbereitung, diese wandelnden Leichen zu beobachten, die eine

Ewigkeit in Pantoffeln auf den Fluren des Todes herumschleichen. Vielleicht dient es dazu, sich schonend auf das Ende vorzubereiten, denn wenn man seinen Vater und seine Mutter verliert, ist es das Ende.

Ich habe ihm viele Fragen gestellt. Eine Frage nach der anderen sprudelte aus mir heraus, doch sie verhallten alle auf den beschlagenen Scheiben des Autos, ohne dass mein Vater eine einzige beantwortete.

Die Stille schnürte mir die Kehle zu.

Mouna saß ganz allein in der Eingangshalle und umklammerte mit beiden Händen ihren Gehstock. Man hätte meinen können, sie hielte sich schon eine Ewigkeit dort auf, und ich fand, dass sie mit der Mütze auf dem Kopf einem alten Kaktus ähnelte. Die Leute, die an ihr vorbeigingen, als wir uns ihr näherten, beachteten sie nicht.

Das schwere Los ihres Sohnes hatte Mouna lange im Voraus kommen sehen. Unfähig, die kleinste Freude zu empfinden und sich das geringste Vergnügen zu gönnen, blieb er sich in gewisser Weise jedes Mal selbst treu, wenn er seine Mutter im Altenheim besuchte. Er erfüllte zwar seine Aufgabe und Pflicht des Sohnes, ließ sie aber nicht an seinem Leben teilhaben.

Genau das, was man vermeiden sollte, wenn man

seine alten Eltern besucht, doch auch genau das, was passiert, wenn man nur aus reiner Pflichterfüllung zu ihnen fährt und dabei alles, was das Leben lebenswert macht, zu Hause lässt. Allen voran die aufrichtige Liebe, die so unerlässlich ist.

Wie erschlagen sitze ich vor meinem Kaffee und versuche, die Wut meines Vaters zu verdauen. Offen gestanden beginne ich, ihn ein wenig zu verstehen. Mouna schlägt vor, dass wir gleich morgen früh zurückfahren. Nicht sehr stolz, aber dennoch erleichtert und erfreut, stimme ich ihrem Vorschlag zu und beschließe als gehorsamer kleiner Junge, unseren Aufenthalt zu verkürzen.

»Aber ehe du deine Oma in den Schoß der Familie zurückbringst, musst du mich in meinem Rollstuhl zum Kasino schieben. Ich glaube, ich habe schon zu viel getrunken, um zu laufen.«

Ich weiß nicht, warum, aber als ich die Rechnung bezahlt habe und aufstehe, verspüre ich plötzlich das Bedürfnis, meine Mutter anzurufen. Zum Glück springt der Anrufbeantworter an.

Seit einem Jahr spreche ich nicht mehr mit ihr. Vor einem Jahr habe ich beschlossen, den Kontakt zu ihr abzubrechen. Seitdem meine Ehe in Scherben vor mir liegt, ist meine Mutter für mich gestorben.

25

Auf dem Videofilm von Alices Hochzeit sieht man meine Mutter zuerst im Halbprofil, dann wendet sie der Kamera für ein paar Sekunden mit aufmerksam lächelnder Miene ihr ganzes Gesicht zu. Sie trägt ein schönes indigoblaues Kleid. Schräg auf ihrem Kopf sitzt ein hübscher kleiner Hut, in dem eine lange Fasanenfeder steckt und der gut zu ihrem Kleid passt. Sie sitzt in der dritten Reihe hinter den Angehörigen der Braut und meinen Ex-Schwiegereltern, das fünfte Rad am Wagen, fehl am Platz, ein strahlend lächelnder Zaungast ohne Begleitung. Mein Vater hingegen verriet mich nicht – er verzichtete darauf, bei der zweiten Eheschließung seiner Schwiegertochter mit einem Typen, der nicht ganz so schwachsinnig ist wie sein Sohn, zudem eleganter und auf jeden Fall reicher als er, in der Kirche zu beten. Ich frage mich oft, wie es sich genau abgespielt haben mag und ob mein Vater auch nur eine Sekunde versucht hat, meine Mutter davon abzubringen, in diese Kirche zu gehen. Oder hat sie ihn vielleicht ordentlich unter Druck gesetzt und war lange Zeit böse auf ihn, weil er sie an dem Tag nicht begleiten wollte? Ich werde niemals erfahren, wer sich wem in dieser Sache stärker widersetzt und wer am meisten für mich oder für seine Überzeugung gekämpft hat.

Als Mouna erfuhr, dass meine Mutter beschlossen hatte, zur anderen Partei überzutreten und meiner Exfrau auf ihrem Weg ins Glück zu folgen, wurde sie nachdenklich. Verurteilt hat meine Großmutter sie deswegen aber nie.

Sie verstand, dass ich diese Entscheidung als Verrat ansehen und sie mich wie ein Schlag in die Magengrube treffen würde. Auf ihre Weise versuchte Mouna wieder einmal, mich moralisch zu unterstützen. Mit ihrem verschmitzten Lächeln empfahl sie mir zu akzeptieren, was ich nicht ändern kann – ihrer Meinung nach das beste Mittel, sich »vollkommen unnötiges Leid« zu ersparen.

Seit unserer Trennung ist meine Mutter die beste Freundin meiner Exfrau geworden. Immer wieder versuche ich mir vorzustellen, wie sie bei ihrer Ex-Schwiegertochter vorbeischaut, auf dem Sofa eines anderen sitzt und auf meine Kinder aufpasst, zum Essen bleibt, mit in den Urlaub fährt und den neuen Mann bittet, sie beim Vornamen zu nennen, um sich ganz einfach beliebt zu machen.

An dem Tag, als sie ihrerseits Großmutter wurde, bekam sie von Mouna ein Silberarmband geschenkt. Meine Mutter sah sich das Geschenk kaum richtig an und nahm sich nicht die Zeit, die Szene, die Mouna auf die Innenseite hatte gravieren lassen, zu bewundern und zu verstehen. Eine Wölfin und ihre Jungen am Rande eines Abgrunds. Eine Geschichte, ein Symbol. Sie saß auf dem Sofa im Wohnzimmer, brach in Tränen aus und rief durch den ganzen Raum:

»Menschenskind, jetzt fühle ich mich richtig alt.«

Um jung zu bleiben, hat sich meine Mutter niemals richtig für meine Töchter interessiert. Alma und Claire zahlten es ihr heim, indem sie seit ihrer Geburt immer kicherten, wenn sie ihre Oma ansprachen. Die Anrede, die Alice ausgesucht hat, klingt nämlich ziemlich seltsam. Die Enkeltöchter der frisch gebackenen Großmutter, die nicht älter werden will, sollen »Großmama« zu ihr sagen, und das ist nun wirklich nicht mehr zeitgemäß.

»Niemals, verstehst du, Antoine, niemals werde ich zulassen, dass deine Mädchen mich so nennen.«

Man hätte sicherlich kaum etwas Besseres finden können, um jemandem das Gefühl zu geben, auf einen Schlag um dreißig Jahre zu altern. Alice gefällt dieses »Großmama« wahnsinnig gut. Es erinnert sie an ihre Großmutter, die sie kaum gekannt hat, aber deren Andenken sie, auch viele Jahre nachdem sie mutterseelenallein in einem miesen Altenheim gestorben ist, bewahren möchte.

Als ich Mouna beobachte, die in dem kleinen Kasino des Badeortes wie ein Groupie vor der Reihe der Einarmigen Banditen steht, die man mit einem Euro füttern muss, frage ich mich, wie das alles enden wird. Ich überlege, ob meine Schwester oder ich die Kraft, den Willen und – warum nicht auch – die notwendige Liebe aufbringen werden, um meine Mutter jede Woche in ihrem letzten Zuhause zu besuchen, wenn sie ihrerseits allein sein wird. Wie wird es sein, wenn sie nicht mehr ihre Morgengymnastik machen kann, wenn sie sich nicht mehr als emanzipierte Großmutter aufspielen und ihrem Sohn nicht mehr in der für sie typischen unverschämten Art in den Rücken fallen kann, um sich dann an den Rockzipfel ihrer Ex-Schwiegertochter zu hängen? Wie wird es sein, wenn sie all die Dinge, die heute zu ihrem Leben gehören, nicht mehr machen kann: lesen, ins Kino gehen, mit ihren Liebhabern schlafen, denn zwischen ihr und meinem Vater spielt sich schon lange nichts mehr ab; Auto fahren, Geld am Automaten ziehen, ihren Koffer tragen, einkaufen gehen, Freunde treffen, sich indigoblaue Kleider für eine Hochzeit kaufen, durch deren Besuch sie Verrat an ihrem eigenen Sohn begeht; auf Altachtundsechziger-Partys abrocken, dennoch ihren Hochzeitstag feiern, sich die Schamhaare in der Bikinizone entfernen, sich das Gesicht mit Spritzen vollpumpen lassen, um am Strand jünger auszusehen; leben und noch die Möglichkeit haben, den Horizont zu betrachten, ohne sich sagen zu müssen, dass alles hinter ihr liegt? Wer wird sie besuchen, wenn sie mit Speichel auf den Lippen ihren Schatten auf den weißen Wänden eines Altenheimzimmers betrachtet?

Ich frage mich, ob meine Schwester oder ich uns dieses sonderbare Wesen aufhalsen werden, und wenn ich so darüber nachdenke, kann ich nur hoffen, dass ich darum herumkomme. Der Gedanke, sie nur mit Alice an ihrem Bett ohne ihre Kinder in ihrem letzten Zuhause verrecken zu lassen, bereitet mir eigentlich keine Probleme.

Mouna bittet mich, mit ihr zum Geldautomaten zu gehen, damit sie Geld ziehen kann. Sie erklärt mir, dass bei diesen Spielautomaten eine Reihe mit kleinen Affen den höchsten Gewinn einbringt. Gut sei es natürlich auch immer, die drei Siebenen in den Farben Blau, Weiß und Rot zu holen.

»Das kann man sich gut merken, und außerdem ist der Gewinn steuerfrei. Wenn man den Jackpot knacken und die Bank sprengen will, mein Schatz, muss man drei Münzen auf einmal in den Schlitz werfen, fest an dem Arm ziehen und dabei die Finger kreuzen. Deshalb darf man an diesen Automaten nicht für einen Euro spielen, sondern nur für drei. Sonst wird das nichts mit dem Hauptgewinn. Willst du es mal probieren? Wir spielen für fünfzig oder gleich für hundert Euro, und wenn wir gewinnen, bringst du mich im Hubschrauber nach Hause.«

Während ich Mouna wie ein Hündchen folge, gelingt es mir nicht, das Gesicht meiner Mutter aus meinem Kopf zu vertreiben. Plötzlich erinnere ich mich wieder an eine Mail, auf die ich gestoßen bin, als ich in ihrem Computer herumgeschnüffelt habe. Es war eine Mitteilung an meine zukünftige Exfrau an dem Morgen unserer Scheidung:

»Glaube mir, meine Liebe, dieser ganze Schlamassel betrübt mich sehr. Wie konnte mein Sohn nur so dumm sein, eure Ehe aufs Spiel zu setzen. Für deinen Schwiegervater und mich wirst du immer wie eine Tochter sein, und unsere Tür steht dir selbstverständlich immer offen.

Ich wünsche dir von Herzen alles Gute.«

»Verdammt, Antoine, wir brauchen einen Geldautomaten. Ich habe meine Karte mitgenommen, aber meine Geheimzahl vergessen.«

Ich stürze mich auf den Geldautomaten und ziehe zweihundert Euro. Hundert Euro stecke ich diskret ein und gebe der Schildkröte die anderen hundert.

»Diese Geräte nehmen keine Scheine an. Wir müssen Jetons kaufen.«

Die Angestellte des Kasinos, die hinter dem Schalter sitzt, wechselt meinen Schein gegen einen Eimer Jetons, die schlecht gefälschten Ein-Euro-Münzen ähneln. Der Eimer wiegt eine Tonne und färbt meine Finger sofort schwarz. Ich schaue zweifelnd auf das kleine, nach Zitronen duftende Erfrischungstuch, das eine Kellnerin, ohne mich anzusehen, mitten in den Eimer geworfen hat. Dann kehren wir zu dem Automaten mit den Äffchen zurück.

Mit der Begeisterung eines Kindes stürzt Mouna sich auf die Jetons und greift mit einer Hand in den Metallhaufen. Sie wühlt sich bis unten durch und rührt in den Münzen herum, was ihr offenbar großes Vergnügen bereitet. Dann zieht sie die Hand wieder heraus, lässt die Münzen durch die Finger gleiten und schaut mir in die Augen.

»Ich vertraue vollkommen dem Zufall. Bevor ich spiele, lasse ich immer meine Finger entscheiden.«

Sie betastet die Jetons eine ganze Weile, nimmt schließlich drei abgegriffene Münzen heraus und legt sie hektisch in die andere Hand. Kerzengerade steht Mouna vor dem Spielautomaten Nr. 5, und plötzlich geht sie mit dem Stock die wenigen Schritte zu dem Automaten Nr. 6 daneben.

»Anfangs spiele ich nie an einem Automaten mit einer ungeraden Zahl. Das bringt Unglück. Die Vier mit ihrem Querstrich ist auch nicht gut. Aber die Sechs ist eine Teufelszahl. Das gefällt mir. Vertraue deiner Großmutter. Ich habe ein gutes Gespür für Spielautomaten. Ob du es glaubst oder nicht, ich weiß genau, wie man mit diesen Dingern umgehen muss.«

Sie bittet mich um eine Zigarette.

»Ich brauche etwas zu trinken. Champagner. Ich möchte Champagner trinken.«

Mouna wirft den ersten Jeton in den Schlitz und atmet tief ein, um den Stress zu vertreiben. Dann wirft sie den zweiten schnell hinterher und steckt den dritten anschließend ganz behutsam in den Schlitz.

»Knopf oder Arm?«

»Wie bitte?«

»Was meinst du? Soll ich auf den Knopf drücken, um das Gerät zu starten, oder wie früher an dem Arm ziehen?«

»Wie früher, Mouna. Mach es wie früher!«

Die Walzen drehen sich vor unseren Augen, und die Affen überschlagen sich. Wir sehen Felder mit den Zahlen 10, 20, 50 und 100 vorbeisausen, weiße Felder und immer wieder ein Stück von der 7. Ein rotes Feld bleibt stehen, dann ein weißes, aber das war es auch schon. Mouna lässt sich nicht beirren. Sie beginnt ein neues Spiel und wirft mir hoffnungsvolle Blicke zu.

Beim fünften Versuch ruft sie dem Spielautomaten ein ermutigendes »Los jetzt!« zu und zieht mit einer Kraft an dem Arm, die ich ihr nicht zugetraut hätte.

Die Schildkröte reiht drei Makaken aneinander, eine andere Affenart als die links und rechts von uns, wie mir scheint, aber ich finde, sie sehen genauso dumm aus: Sie sitzen mit ihrem Hintern auf Ästen mit großen grünen Blättern und schälen mit einem erstarrten Lächeln eine Banane.

»Bingo. Dreißig Münzen gewonnen. Immerhin ein Anfang. Der Kasten läuft sich langsam warm, Antoine, der Kasten läuft sich langsam warm.«

Durch die Bande der Primaten angespornt, wirft Mouna, ohne lange zu überlegen, wieder drei Münzen in den Schlitz, dann wieder drei, und schwups ist der halbe Eimer leer. Die Walzen des gut gefütterten Glücksspielautomaten drehen sich mit feierlichem Getöse und blinkenden Lichtern.

»Super! Super!«

Noch nie habe ich Mouna so aufgedreht erlebt.

Ich erinnere mich, dass ihre Stimmung nach den wilden Pokernächten, die sie in meiner Kindheit in den Sommerferien veranstaltete, am frühen Morgen davon abhing, ob sie ihre Gegner ausgenommen hatte oder nicht. Pünktlich zum Aperitif tauchte immer eine bunt gemischte Truppe seltsamer Gestalten mit teils bekannten, teils unbekannten Gesichtern auf. Abgesehen von einigen nachlässig gekleideten Typen waren die meisten herausgeputzt und trugen elegante oder einfach nur modische Kleidung. Einige wurden nach ein paar Nächten Stammgäste des Hauses, und andere verschwanden von heute auf morgen aus der Gegend. Wie ich später begriff, hing es davon ab, wie sie spielten, ob sie ihre Niederlagen verkrafteten oder nicht, ob sie beim Spiel genügend Geld einsetzen konnten oder nicht und ob sie gefasst und höflich blieben, wenn sie ihre Spielschulden beglichen.

Was auch immer geschah, diese sonderbare Truppe brach frühmorgens im Gänsemarsch wieder auf, eine gespenstische Prozession, ein bizarres Ballett zerzauster Wesen, die stets schweigend und mit Ringen unter den Augen durch die Küchentür verschwanden. Ihre Gesichter waren nach den vielen Stunden, die sie am Spieltisch im Wohnzimmer voller Leidenschaft gepokert hatten, immer aschfahl. Der Tisch war das Heiligtum meiner Großmutter, und sie scheute keine Mühe, um ihn zu pflegen. Ganze Vormittage verbrachte sie damit, die Beine zu polieren, und achtete sorgfältig darauf, das grüne Tuch auf dem Spieltisch vor unseren schmutzigen Händen zu beschützen.

Ich weiß nicht, wie viel Geld auf dem Spieltisch der Familie den Besitzer wechselte, aber ich weiß, dass Mouna in dieser Hinsicht mehr war als nur die Hausherrin, dass sie den Laden managte, die Abrechnungen machte und es irgendwie schaffte, die Zahlungsunwilligen zur Kasse zu bitten. Es bereitete ihr große Freude, die Geldscheine zu zählen, und das hatte nichts mit dem Wert des Geldes zu tun, sondern mit dem intensiven Gefühlserlebnis, das sie empfand, wenn sie beim Zählen langsam einen Schein auf den anderen legte.

Diese Bündel waren ihre Trophäen, und Mouna schreckte niemals davor zurück, sogar Schuldscheine einzusetzen, als versetzte sie der Gedanke, alles zu verlieren, mehr in Erregung als der zu gewinnen. Sie brauchte den Nervenkitzel und stürzte sich todesmutig ins Vergnügen. Meine Großmutter war eine Spielerin, und sie genoss das Leben. In den Pokernächten sorgte sie immer dafür, dass der Alkohol in Strömen floss, und sie verband die Leidenschaft des Spiels mit dem Vergnügen, zu trinken und zu rauchen. Mit einer Zigarre im Mund bot sie ihrem Ehemann gerne Paroli, der immer schwieg und es nicht ausstehen konnte, dass sich seine Frau wie ein Mann aufführte und ihm den Rauch ins Gesicht blies. Besonders gut gefiel es ihr, gegen ihren Mann zu gewinnen und ihn eine fiktive Rechnung bezahlen zu lassen, um sich vor den Augen aller für ihre Eheprobleme zu revanchieren und so die Harmonie in ihrem Liebesleben wiederherzustellen.

Der gefräßige Automat mit den Affen hat unser gesamtes Barvermögen geschluckt, und die alte Dame späht mit ungläubigem Blick in den leeren Eimer. Sie dreht ihn um, um mir wortlos mitzuteilen, dass es an der Zeit sei, noch einmal zum Geldautomaten zu gehen, damit wir wieder flüssig sind und die Affen weiter füttern können. Wortlos gebe ich der Schildkröte den anderen Hunderteuroschein, den ich vorhin in die Hosentasche gesteckt habe.

»Antoine, du bist der Größte.«

»Jetzt übertreib mal nicht, Mouna.«

Sie zieht an meinem Ärmel und sagt, sie habe das Gefühl, dass das Roulette die Arme nun nach uns ausstrecke, nachdem die Einarmigen Banditen uns heute Abend nicht gut gesonnen waren. Mit kleinen Schritten und vor Erschöpfung gebeugtem Rücken geht Mouna auf den Spieltisch zu. Die Nase auf den Boden gerichtet, starrt sie wie ein Jagdhund, der Blut geleckt hat, mit bebenden Nasenflügeln auf den abgetretenen Teppichboden. Ehe ich den Tisch erreiche, steht sie schon vor dem Roulettekessel, und der Croupier dahinter starrt sie mit heimtückischer Miene an. Mir bleibt nicht die Zeit, um den Mund zu öffnen und mir noch einmal die Regeln in Erinnerung zu rufen, denn die Roulettescheibe dreht sich bereits mit voller Geschwindigkeit, und die Kugel springt laut klackernd von einer Farbe zur anderen. Schneller als der Schall hat meine Großmutter bereits auf zwei benachbarte Zahlen gesetzt.

»Beim nächsten Spiel setzen wir auf Transversale pleine und anschließend auf Carré, was meinst du?«

Rot, schwarz, gerade, ungerade, niedrig, hoch.

Mouna hält mir einen Vortrag über die Möglichkeit, auf die Felder neben den Zahlen zu setzen.

»Weißt du, du kannst auf dem Setzfeld auch auf eine ganze Zahlenkolonne setzen. Dazu musst du deinen Einsatz unter die Kolonne außerhalb des Feldes legen. Genau so. Wichtig ist, dass die Null bei diesen Spielen nichts zählt. Glaube mir, dieses System ist der reinste Wahnsinn.«

Mit genau drei Spielen gewinnt Mouna die hundert Euro zurück, die der Glücksspielautomat Nr. 6 geschluckt hat. Beim fünften Spiel häuft sie einen ersten Gewinn von sechzig Euro an.

»Was meinst du, sollen wir jetzt aufhören?«

»Ich hoffe, das ist ein Scherz.«

Sie wirft mir einen finsteren Blick zu, der mir zeigt, wie sehr meine Frage sie betrübt. In ihren Augen blitzt Verachtung auf, und ich weiß, was sie mir damit sagen will. Mouna gefällt es gar nicht, dass ihr Enkel ein solcher Kleinkrämer ist. Indem sie sich abrupt zu der Kugel umdreht, die unbekümmert von Feld zu Feld springt, legt sie mir nahe, mehr aus meinem Leben zu machen. Sie fordert mich auf, nicht immer so pessimistisch zu sein, meine Flügel auszubreiten und endlich etwas zu wagen, auch wenn ich mich dabei verbrennen und auf der Stelle tot umfallen könnte. Mit einem einzigen Blick vermittelt sie mir die Freude am

Risiko und tritt mir, ohne es zu wissen, kräftig in den Hintern.

Mouna interessiert es nicht, dass ich ein ängstlicher Gelegenheitsspieler bin, der offen gestanden sehr auf sein Geld achtet. Sie setzt ihren Gewinn wieder ein und anschließend unseren gesamten ersten Einsatz. In drei Worten: mein ganzes Geld.

Zum zweiten Mal an diesem Abend hat meine unbesonnene und fröhliche Großmutter sich mit Leidenschaft dem Spiel hingegeben und mit großer Genugtuung unser gesamtes Barvermögen verprasst. Zum ersten Mal in meinem Leben verspüre ich den unbändigen Drang, mich voll ins Leben zu stürzen, dem Glück nicht mehr im Weg zu stehen, mich auf Unbekanntes einzulassen, ohne im Voraus irgendetwas zu wissen oder zu überlegen, was mich hinter der nächsten Biegung erwartet, und mich nur auf meine Intuition zu verlassen. Und tatsächlich spüre ich, dass meine Intuition seit dem Beginn unserer kleinen Reise für mich immer mehr an Bedeutung gewinnt.

»Man kann es nicht anders sagen, das ist wirklich eine Niederlage. Kopf hoch, Antoine, Kopf hoch. Wir haben eine Schlacht verloren und nicht den Krieg.«

Mouna schlägt vor, noch ein letztes Glas an der Theke zu trinken. Weil das Leben leicht wie eine

Champagnerperle sein sollte und weil man immer wieder aufsteht, wenn man alles verloren hat, auch wenn es zuerst anders aussehen mag.

26

Wir liegen nebeneinander auf meinem Bett und schauen schweigend an die Decke. Auf dem Rückweg wehte der Wind uns ins Gesicht, und als ich Mouna die letzte Steigung zum Hotel hinaufschob, schmerzten meine Arme so stark, dass ich das Gefühl hatte, ich hätte die Handbremse nicht gelöst. Eingehüllt in eine regnerische, sternenlose Nacht, war Mouna schließlich eingeschlafen, berauscht durch ihre Träume vom unerreichbaren Jackpot und davongetragen von den Champagnerperlen. Allmählich sank ihr Kopf auf die Brust, und ihre Arme rutschten immer weiter an den Rand des Rollstuhls, bis sie schließlich herunterfielen und wie bei einer Stoffpuppe neben den Rädern baumelten. Ich musste lächeln, als ich mir vorstellte, ich würde eine Marionette in den Schoß der Familie zurückbringen. Auf dem Weg am Meer entlang brannte nur jede zweite Laterne, und seltsamerweise erzeugte dieses Dämmerlicht eine magische Atmosphäre, fast wie in einer Geisterbahn. Der strömende Regen, der uns bis auf die Knochen durchnässte, verstärkte diesen Eindruck noch. Plötzlich stiegen nostalgische Erinnerungen an ein Erlebnis mit Alice in mir auf. Sie war gerade mit Alma schwanger, und wir hatten mitten in der Nacht eine Reifenpanne, als es ebenfalls wie aus Kübeln goss. Leider fehlt mir jedes handwerkliche Geschick, und während ich den Reservereifen suchte, lachte Alice sich über ihren Idioten von Ehemann mit den zwei linken Händen kaputt. Damals störte es sie in keiner Weise, den wohl einzigen Mann auf der Welt geheiratet zu haben, der mitten in der Pampa keinen Reifen wechseln konnte. Ich vermute, dass der Neue sich bei der nächsten Reifenpanne des frisch vermählten Paares bestens aus der Affäre ziehen wird. Allerdings bezweifle ich, dass Alice so herzhaft lachen und dass er so aufmerksam sein wird, einen gelben Kinderregenschirm mit grünen Fröschen für sie aufzuspannen, um sie während des Unwetters leidenschaftlich zu küssen und sie vor dem Blitz zu schützen. An diesem Abend frage ich mich, ob ein Regenguss mitten in der Nacht ihre Erinnerung an solche Erlebnisse entfacht und ihre Gefühle ein wenig weckt oder ob sie mich tatsächlich vollkommen aus ihrem Herzen verbannt hat und nie mehr irgendetwas dazu führen wird, dass sie in Melancholie versinkt. Denn diese Erinnerungen an die Vergangenheit, diese Augenblicke, da wir unversehens an alte Geschichten denken müssen, entfachen unsere Nostalgie und stimmen uns unendlich traurig.

Als der Nachtportier unseren Schlüssel vom Brett nahm, wunderte er sich, dass wir so spät und nass bis auf die Knochen zurückkehrten. Er warf mir einen bösen Blick zu, um mich daran zu erinnern, wie unvernünftig es sei, bei so miesem Wetter eine alte Dame im Rollstuhl durch die Gegend zu schieben. Darauf zuckte er mit den Schultern und wandte uns, ohne uns eine gute Nacht zu wünschen, den Rücken zu. Nur die Schildkröte rang sich ein »Gute Nacht, Monsieur, Sie sind sehr freundlich« ab, als sie sich auf die Theke stützte, um sich aufzurichten. Dann nahm sie ihren Stock und ging mit einer Zigarette im Mund auf die Treppe zu.

Mouna schloss sich eine ganze Weile in ihrem Badezimmer ein und ließ sich ein heißes Bad einlaufen. Während sie darauf wartete, dass sie in die Wanne steigen konnte, sang sie leise. Ich presste ein Ohr an die Tür und fand es unerhört, dass sie so fröhlich war. Als sie abrupt verstummte und kein Geräusch mehr durch die Zwischenwand drang, geriet ich dennoch in Unruhe.

Einen kurzen Augenblick stellte ich mir vor, dass ich sie mit den Füßen voraus zurück in die Résidence des Lilas bringen und meinem Vater erklären musste, dass seine Mutter nach einem unglücklichen Sturz auf den Fliesen des Badezimmers im Hôtel des Deux Chats, wo er so ungern seinen Urlaub verbracht hatte, gestorben war.

Ich sah uns vor dem leblosen Körper der alten Dame stehen und wies ihn in meiner Vorstellung darauf hin, dass er sich bei mir bedanken könne, weil er sie nun, aufgrund meiner unverantwortlichen Entscheidung, mit ihr ans Meer zu fahren, sonntags aus seinem Terminkalender streichen konnte.

Ich beobachtete meinen Vater, der sich neben dem leblosen Körper seiner Mutter auf den Boden kniete, seinen Tränen freien Lauf ließ und sie um Verzeihung bat, weil er sie so oft lustlos besucht hatte und während der regelmäßigen Fahrten zu ihr immer nur die Last seines schlechten Gewissens spürte und keine Freude empfand.

Mounas Silhouette tauchte schließlich wieder auf, umhüllt von einer dicken Dampfschwade, die den oberen Teil ihres Kopfes und die Hälfte ihres weißen Haars verschlang. Meine Großmutter hatte ihr Nachthemd angezogen, sich die Zähne geputzt und hielt die Hausschuhe in der Hand. Ohne ein Wort zu sagen, kam sie zu mir und legte sich mit dem Rücken, der noch ein wenig feucht war, auf mein großes Bett.

Ich hatte ihre Kleidung auf dem Elektroofen ausgebreitet und hoffte, ihre Hose und ihr Gabardinemantel würden über Nacht trocknen. Wir fanden es verrückt, dass der Kamin künftig nur noch dazu dienen sollte, um auf dem Sims einen Topf mit billigen Stoffsonnenblumen abzustellen. Als wir nebeneinander auf dem Bett lagen, erinnerten wir uns an die Feuer, die in meiner Kindheit im Kamin brannten und an denen wir uns an regenreichen Frühlingstagen wärmten.

In dem Kamin loderten damals keine großen Flammen, aber die angenehme Wärme, die er verbreitete, und vor allem der Duft, der lange an der Kleidung haften blieb, verlieh dem Zimmer zusätzlichen Charme. Wir genossen es, dass wir nach unseren langen, verregneten Spaziergängen auf den Klippen im Hotelzimmer wie bei uns zu Hause ein Feuer im Kamin anzünden durften. Das Knistern und Knacken in den Kaminen, das man auf den Gängen hörte, sorgten für eine leicht unheimliche Atmosphäre. In meinem Zimmer durfte ich zwar kein Feuer anzünden, dafür aber in dem großen Bett in Mounas Zimmer einschlafen, während ich stundenlang das Feuer betrachtete. Die orangerote Glut, die mir mitten in der Nacht von Weitem Signale zu senden schien, faszinierte mich. Ich nahm mir oft vor, erst dann einzuschlafen, wenn das Feuer ausgegangen und nur noch ein kleiner Haufen warme Asche zurückgeblieben war. Diesen kleinen Wettstreit verlor ich allerdings immer.

27

Ein Zahnputzbecher mit Wasser, den ich aufs Bett gestellt habe, dient uns als Aschenbecher. Wir ziehen abwechselnd an einer Zigarette und vergnügen uns damit, möglichst große Ringe in die Luft zu blasen. Es war meine Großmutter, die mir vor fünfundzwanzig Jahre das Rauchen beigebracht hat. Ich hatte ihr eine Zigarre aus der polierten Holzkiste stibitzt, die sie immer hinter ihrem Spieltisch versteckte, und sie erwischte mich auf frischer Tat.

Damals war ich dreizehn Jahre alt, und zum ersten Mal machte Mouna mich richtig zur Schnecke. Ich erinnere mich gut, dass ich um mein Leben fürchtete, als ich spürte, dass sie hinter mir auftauchte und mein Handgelenk umklammerte, bis ich meine Beute, die viel zu groß für mich war, fallen ließ. Anschließend warf sie mir einen herausfordernden Blick zu und zwang mich, das Monstrum vor ihren Augen um zehn Uhr morgens anzuzünden. Ich steckte mir die Zigarre zwischen die Lippen und öffnete den Mund so weit, dass ich das Gefühl hatte, ich würde ersticken und nie wieder Luft bekommen. Mouna nahm ein riesiges Streichholz aus einer hübschen Schachtel und zündete es an. Die Schachtel zierte das Bild einer eleganten Lebedame im Stil des neunzehnten Jahrhunderts, um deren Schultern eine meerblaue Federboa geschlungen war. Sie trug Handschuhe und hielt eine Zigarette zwischen zwei Fingern, die so stark gespreizt waren, dass es unschicklich wirkte. Mouna zündete das Ende der grässlichen Zigarre an, die wie eine kleine Kanone geformt war, und erklärte mir, wie man sie richtig anzündete, damit sie nicht sofort wieder ausging, was bei kleinen Dieben meines Schlags, die noch grün hinter den Ohren waren, sicherlich oft genug passierte.

Fünfundzwanzig Jahre später hat Mouna das Rauchen von Zigarren aufgegeben, aber sie raucht noch immer fünf Zigaretten pro Tag, lange, schmale Zigaretten aus hellem Tabak, weil man, sagt sie gerne, nicht auf alle Vergnügen des Lebens verzichten kann.

Fünfundzwanzig Jahre später ist sie noch immer der Meinung, dass ich den Filter zu nass mache und dass Leute, die so etwas tun, wirklich ekelhaft seien.

Während Mouna unsere Zigarette zu Ende raucht, frage ich sie, warum sie sich entschlossen hat, in die Seniorenresidenz zu ziehen, obwohl sie noch bei klarem Verstand ist, gut sehen und hören kann und sich des Lebens erfreut. Fast alle Großmütter der Welt träumen doch davon, in ihrem eigenen Bett zu sterben und nicht in dem klimatisierten Zimmer eines Altenheims, in dem es in jeder Ecke Klingelknöpfe gibt, einen rutschfesten Linoleumboden, einen Griff, der einem Halt bietet, wenn man in die Badewanne steigt; ein schmales Bett, Laken, die ein bisschen kratzen; einen Stuhl für die seltenen Besucher, einen Tisch mit einem winzigen Fernsehapparat und einen kleinen Balkon mit Blick auf einen Garten mit Apfelbäumen.

»Dieser Ort passt doch überhaupt nicht zu dir, findest du nicht?«

»Du hast recht, mein Schatz, aber weißt du, nachdem ich den Leichnam deines Großvaters und die riesige Blutlache im Keller entdeckt hatte, wollte ich keine Sekunde länger in dem Haus bleiben.«

Die Schildkröte schweigt eine Weile, während sie den Rauch zwei oder drei Mal zur Decke bläst, und erklärt mir dann langsam, dass sie trotz des äußeren Scheins, vor dem man sich oft hüten muss, niemals glücklich war in dem hübschen Haus. Nicht einen einzigen Augenblick nach dem Wiedersehen mit meinem Großvater und ihrer Entscheidung, in dieses Haus zu ziehen, um die furchtbaren Jahre zu vergessen und zu versuchen, dem Leben wieder die angenehmen Seiten abzugewinnen. Ins Altenheim zu ziehen, solange sie noch bei klarem Verstand und rüstig ist, war für sie eine Möglichkeit, endlich aus dem Gefängnis auszubrechen, in dem sie so viele Jahre eingesperrt war.

Nachdem sie schon erste Andeutungen gemacht hat, erzählt sie mir nun alles frei heraus:

»Ich habe meinen Ehemann nicht mehr geliebt, nachdem ich diesem anderen Mann begegnet war und es mir vor lauter Angst und Schuldgefühlen versagt habe, ihm zu folgen.«

Ich werfe den Filter in das mit Wasser gefüllte Glas, stütze mich auf beide Ellbogen und mustere Mouna erstaunt. Die Schildkröte verzieht keine Miene und starrt an die weiße Decke. Nach einer kurzen Pause schickt sie sich an, mir ihr streng gehütetes Geheimnis anzuvertrauen.

28

In der Nacht hat der Wind die Fensterläden aufgeschlagen, und so scheint an diesem Morgen die Sonne ins Zimmer. Die andere Hälfte des Bettes ist schon gemacht, und Mounas Kleidung liegt nicht mehr zum Trocknen auf dem Elektroofen. Ich bin noch nicht ganz wach, als ich begreife, dass Mouna verschwunden ist.

Ehe ich aufstehe, schalte ich mein Handy ein und entdecke neben einer lapidaren SMS meines Vaters, der wissen möchte, um wie viel Uhr wir in der Seniorenresidenz ankommen, eine SMS von Laurence. »ALLES OKAY? VERMISSE DICH WAHNSINNIG.«

Ich nehme mir die Zeit, ihr zu antworten, dass wir nach dem Frühstück zurückfahren und dass die Nacht sehr lang und anstrengend war. Da diese erste SMS rein informativ war, schicke ich ihr noch eine zweite hinterher. Ich schreibe ihr, ich sei überzeugt davon, dass wir beide eine großartige Liebesgeschichte erleben werden, dass ich es kaum erwarten könne, sie wieder in die Arme zu schließen, und sie niemals wieder allein lasse. Seit dem Beginn unserer Beziehung war ich mir meiner Gefühle für sie niemals so sicher wie in diesem Augenblick, und ich glaube, endlich zu wissen, was ich will.

Gerne hätte ich ihr gesagt, dass ich mich von nun an nicht mehr an die Phantom-Liebe zu Alice klammern und meiner Exfrau nie wieder heimlich nachspionieren werde, während sie schläft, in der Hoffnung auf einen winzigen Beweis dafür, dass sie mich nicht vollkommen vergessen hat.

Gerne hätte ich ihr gesagt, dass ich sie von diesem herrlichen Tag an, der sich gerade ankündigt, nicht mehr hintergehen werde und dass sie sich von nun an glücklich schätzen kann, einen aufrechten Mann an ihrer Seite zu haben. Dass ich den Doppelagenten, der in mir schlummerte, getötet habe. Und dass ich mein Bedauern ebenso wie meine Schuldgefühle und die Trauer angesichts des Scheiterns meiner Ehe über Bord geworfen habe, um nur noch die schönen Erinnerungen zu behalten und natürlich Alma und Claire. Und dass ich nun bereit bin, mich auf die Rolle des fröhlichen Stiefvaters einzulassen und zu akzeptieren, dass ihre Söhne an mir herumzerren oder mir an den Hals springen, sofern sie Lust dazu haben. Ich möchte auch sie mit all der Aufmerksamkeit, Geduld und dem Wohlwollen, die sie verdienen, aufwachsen sehen und werde nicht mehr aus diesem neuen Leben fliehen, sondern es als Geschenk des Himmels ansehen. Denn auch ich habe nach allem, was geschehen ist, das Recht und die Pflicht, eines Tages glücklich zu sein, und verspüre zugleich den Wunsch, andere glücklich zu machen und mein Glück mit anderen zu teilen. In dieser sternenlosen Nacht, in der wir kein Auge zugemacht haben, hat Mouna mir nämlich erklärt:

»Wenn man immer wieder zurückschaut, ist man am Ende der Dumme.«

Hastig ziehe ich meine Jeans über und werfe einen Blick durchs Fenster. Ich nehme an, dass die Schildkröte, nachdem sie mir in der Nacht ihre Geschichte erzählt hat, nicht mehr schlafen konnte und in aller Frühe in den Garten gegangen ist. Vermutlich will sie noch einmal die frische Luft einatmen, ehe sie in den Mercedes steigt und wir wieder zurückfahren.

Im Laufschritt steige ich die Treppe hinunter und gehe zuerst in den Frühstücksraum. An dem

Tisch, der für uns reserviert ist, sitzt niemand. Zerstreut frage ich die Kellnerin, ob sie zufällig meine Großmutter gesehen hat.

»Ich habe sie vor ungefähr einer Stunde gesehen. Sie ist in den Garten gegangen und hat gesagt, dass sie auf Sie warten möchte, um mit Ihnen zu frühstücken. Ihre Großmutter hat nur eine Tasse starken Kaffee bei mir bestellt, ihn aber noch nicht abgeholt. Sie hat es bestimmt vergessen. Kein Wunder – in dem Alter. Die Arme.«

Ich mustere die Kellnerin und verkneife mir, ihr zu erklären, dass die Schildkröte für ihr Alter noch eine kräftige Rechte habe und – ob es ihr gefällt oder nicht – ein ausgezeichnetes Gedächtnis. Das hat sie in der vergangenen Nacht bewiesen, als ich ausgestreckt auf dem großen Bett meiner Kindheit lag, an die Decke starrte und ihr aufmerksam zuhörte. Obwohl ich mich furchtbar über die Bemerkung der Kellnerin ärgere, wünsche ich ihr nicht, dass sie am Ende ihres Lebens das Bedürfnis quält, ihrem Enkelsohn streng gehütete Geheimnisse anzuvertrauen, wie es die Schildkröte mit Tränen in den Augen getan hat.

Nichts von alledem sage ich zu ihr und lächle sie an, ehe ich zur Tür laufe. Ich habe es so eilig, Mouna zu sehen und sie in die Arme zu schließen, dass auf dem Weg zu ihr alles an Bedeutung verliert.

Sie steht am Ende des Weges und kehrt mir den Rücken zu. Ich weiß nicht, ob sie den Himmel oder das Meer betrachtet, das hundert Meter tiefer gegen die steilen Klippen brandet. Ich weiß nur, dass ich dieses Bild meiner Großmutter, die selbstbewusst und resigniert zugleich kerzengerade allein in der Frühlingssonne steht, nicht so schnell vergessen werde. Eine schwache Brise weht über sie hinweg, während sie diese Aussicht genießt, die sie so liebt, und die Luft der Freiheit tief einatmet. Das weiße Seidentuch schützt ihr sorgfältig frisiertes Haar. Die Schildkröte hat es sich so um den Kopf gebunden, wie nur sie es kann, und ähnelt den hübschen Abenteuerinnen in den Kinofilmen der Dreißigerjahre.

Elegant und vornehm steht meine Großmutter unter dem strahlend blauen Himmel, an dem nur eine einzige dicke, weiße Schäfchenwolke zu sehen ist. Sie schwebt genau in der Mitte über ihrem Kopf, wie ein Engel, der uns vor Unwetter schützt und uns als Fallschirm dient.

Leise gehe ich auf sie zu, um das ergreifende Bild nicht zu zerstören. Ich frage mich, woran sie wohl denken mag, wenige Schritte vom Abgrund entfernt, von dem sie nur ein Eisengitter trennt. Mouna kann nicht darüber hinwegsteigen, um weiter an den Rand des Abgrunds zu treten, und daher besteht keine Gefahr, dass sie abstürzen könnte. Ich spüre jedoch, dass sie insgeheim mit dem Gedanken spielt, die Absperrung zu überwinden und zum Flug anzusetzen, diese alte Dame, die ich so oft für einen komischen Kauz gehalten habe.

Ich gehe auf sie zu und schließe sie behutsam in die Arme. Kurz darauf kehren wir um und werfen keinen Blick mehr zurück.

Nachdem wir eine Tasse Kaffee getrunken und ein Croissant gegessen haben, hole ich unsere Koffer herunter und lege sie in den Wagen. Dieses Mal gelingt es mir ohne Probleme, Mounas Rollstuhl zusammenzuklappen. Mouna hakt sich bei mir ein, während ihre Gedanken noch immer bei der wunderschönen Landschaft sind. Sie hält Wort und nimmt schweigend Abschied von diesem Ort. Um sich vor der Sonne zu schützen, kneift sie zuerst die Augen zusammen und setzt dann ihre dunkle Sonnenbrille mit dem Hornrahmen auf. Sie steigt in den Wagen und stützt einen Ellbogen auf den Türgriff. Wir legen die Rückfahrt ohne Unterbrechung zurück. Das Herz ist mir schwer, als ich mir all das, was sie mir in der vergangenen Nacht erzählt hat, in Erinnerung rufe.

Und ich begebe mich auf die Suche nach jener Frau, die im November 1946 allein an einem eisigen Flughafen stand.

29

Eingemummelt in einen dicken Wollmantel kommt sie etwas zu früh am Flughafen an. Sie verschnauft eine Weile und trocknet ihre Tränen. Nach einem letzten Blick des Abschieds hat sie ein paar Stunden zuvor leise die Tür ihres großen Hauses abgeschlossen und ist in ein Taxi gesprungen. Sie hat den Fahrer gebeten, mit ausgeschalteten Scheinwerfern vor dem Haupteingang anzuhalten. Seitdem hat ihr Kummer sie nicht mehr verlassen. Die Gesichter der Menschen, die sie zurückgelassen hat, ziehen vor ihrem inneren Auge vorüber. Während sie ihre Stimmen hört und sich ihre Eigenheiten in Erinnerung ruft, herrscht in ihrem Kopf ein heilloses Durcheinander. Mit tränennassen Augen begegnet sie den Blicken derer, die sie zurückgelassen hat.

Ihr Magen verkrampft sich, und ihre Beine

tragen sie nicht mehr. Am Ende ihrer Kräfte lehnt sie sich gegen ein Geländer. Sie hat das Gefühl, als würde ihr das Herz gleich aus der Brust springen. Die Angst und der Schmerz lähmen sie und nehmen ihr den Atem. Zusammengekrümmt steht sie dort und streckt die Arme aus, um das Gleichgewicht zurückzuerlangen. Nach der Flucht steigt nun Panik in ihr auf, und nur der starke Wille, ihr Vorhaben in die Tat umzusetzen, verhindert, dass sie auf der Stelle zusammenbricht. Sie ist davon überzeugt, keine andere Wahl zu haben, als sich auf das zu stürzen, was sie seit dem Tag, als alles begann, für ihre Bestimmung hält, auch auf die Gefahr hin, den Rest ihres Lebens in Schutt und Asche zu legen.

Die junge Frau hat fast nichts mitgenommen. Ihr gesamtes Gepäck besteht aus einem kleinen, rechteckigen Koffer, dessen Kanten mit dicken, abgewetzten Lederstreifen verstärkt sind. Sie hat nicht vergessen, ihre Zigarettenspitze aus Elfenbein in die Manteltasche zu stecken. Nun streicht sie behutsam darüber, als könnte der Glücksbringer ihr helfen, das schwindelerregende Abenteuer, in das sie sich Hals über Kopf und wider jede Vernunft stürzen will, zu überstehen.

Sie versucht, an nichts zu denken, und zwingt sich, nur die schönen Momente in Erinnerung zu behalten und alles andere zu verdrängen, die Gewalt, die Zweifel, die Gewohnheit, die einstigen Versprechen, die Bedeutung der Ehe, ihre Familie.

Ein Bild kehrt immer wieder. Es tröstet sie jedes Mal, wenn der Kummer zu stark wird, um ihn zu ertragen, fegt die Unruhe weg, beschleunigt ihren Herzschlag und verleiht ihr neue Energie: die Erinnerung an ihre erste Begegnung.

Ja, das erste Mal war sie es, die ihn bemerkt und ihn lange mit den Blicken verfolgt hat, von einer Kraft getrieben, die sie nicht für möglich gehalten hätte, einer Kraft, die ihr ganzes Sein erfasste und sie seinen eiligen Schritten folgen ließ, als würde eine starke Strömung sie mit sich reißen.

Der amerikanische Jeep hatte noch nicht angehalten, da sprang er schon vom Wagen herunter. Es hatten sich so viele fröhliche Menschen versammelt, dass sie kaum alle Platz fanden auf den Bürgersteigen. Wie ein unzähmbares Akkordeon wogte die Menge hin und her. Es war Liebe auf den ersten Blick, und trotz des Fahnenmeers und der Arme, die die jubelnden Menschen in ihrer Freude über den Sieg und die Befreiung in die Höhe rissen, verlor sie seine Uniform nie aus den Augen.

Nach einer Liebesnacht in der Dunkelheit eines Hotelzimmers wollte er sie später im Morgengrauen glauben machen, dass auch er sie auf der anderen Straßenseite sofort bemerkt habe. Und vierundsechzig Jahre später glaubt meine Großmutter noch immer gern an diese charmante Lüge.

30

Ich schaue Laurence verdutzt an, als sie mich fragt, ob wir flache oder tiefe Teller nehmen sollen. Wir entscheiden uns gemeinsam für die tiefen Teller, weil sie für die Kinder praktischer sind und nicht so festlich wirken. Sie bittet mich, den Wein zu öffnen, während sie damit beschäftigt ist, zwei Schachteln Gebäck für den Begrüßungssnack in eine kleine orangefarbene Salatschüssel zu füllen.

Laurence besteht darauf, die große weiße Tischdecke aufzulegen. Ehrlich gesagt finde ich diese Decke mit der hübschen Stickerei etwas übertrieben. Laurence gefällt das festliche Weiß, die Farbe der Braut, doch so werde ich sie wohl niemals sehen, bemerkt sie mit einem passenden jungfräulichen Augenzwinkern. Sie sieht einfach hinreißend aus, als sie das Tischtuch auf dem großen Holztisch ausbreitet, die Falten glatt streicht und hier und da ein bisschen zieht, bis die Decke vollkommen gerade auf dem Tisch liegt.

Ich übernehme es, eine Vase und zwei Kerzenleuchter, die sie während meiner Abwesenheit gekauft hat, auf den Tisch zu stellen. Mein Gefühl sagt mir, dass Laurence meinen Eifer bewundert, mit dem ich sie wie selbstverständlich unterstütze, und dass sie meine Hilfe in dieser Situation auch für angebracht hält. Sicher, es ist nur eine winzige Nebensächlichkeit, doch an der Art, wie sie die Stirn leicht runzelt, erkenne ich die Bestätigung, dass meine Entscheidung, mit der ich ihr zum ersten Mal zuvorgekommen bin, sie überrascht und dass sie diese gute Zusammenarbeit sehr schätzt. Es mag verrückt erscheinen, aber diese flüchtige Anerkennung macht mich wahnsinnig froh, und dadurch fühle ich mich ihr noch näher. Ich habe Lust, sie zu küssen.

Laurence entzieht sich mir nicht, als ich meine Hände auf ihre Taille lege, und als ich die Augen schließe, um diesen knisternden Augenblick auszukosten, fragt sie mich, wie es Mouna geht.

Es ist ungefähr zehn Tage her, dass wir von unserer Reise zurückgekehrt sind. Die Schildkröte ist wieder bei ihrem Sohn, dem Aquarium, den Pflegekräften und ihren Mitbewohnern im Altenheim, den Aufenthaltsräumen und den Apfelbäumen, und ich bin wieder in meinem Leben angekommen, bei Laurence, ihren Kindern, meinen Töchtern und meinem Job. Seit zehn Tagen ist wieder der Alltag eingekehrt. Zehn Tage, eine lange Zeit, in der ich Mounas Stimme nicht gehört habe. Ich habe mich entschlossen, mich ein wenig zurückzuziehen, damit sie Luft holen kann und nicht immerzu an mich denkt.

Bei unserer Rückkehr erwartete uns ein Begrüßungskomitee. Der Direktor blieb zwar gefasst und höflich, konnte seine Wut jedoch nicht ganz unterdrücken. Er erinnerte mich wieder und wieder an die Schwere meines Vergehens, das im Laufe unserer Aussprache immer teuflischere Ausmaße annahm.

Mein Vater empfand große Genugtuung und verzog keine Miene, als er mich von oben herab musterte. Er nahm es mir ziemlich übel, dass ich nicht den Anstand besaß, aus dem Wagen zu steigen, damit er mir ordentlich die Meinung geigen konnte. Ich spielte mit dem Gedanken auszusteigen, um ihm eine Rechte und all den anderen Leuten Kopfnüsse zu verpassen, doch ich tat nichts dergleichen. Mir war es lieber, die großen blauen Augen der Schildkröte, die ich hinter ihrer dunklen Sonnenbrille erahnte, als letzten

Eindruck in Erinnerung zu behalten. Wir verabschiedeten uns fast wortlos, sie und ich, doch als sie die Eingangshalle des Altenheimes betrat, erkannte ich in ihrem sanften Lächeln die aufgeregte junge Frau vom Flughafen wieder, die auf ein Flugzeug wartete, um aus einem Leben zu fliehen, das nicht mehr zu ihr passte. Sie sah sich zu der Entscheidung gezwungen, alles hinter sich zurückzulassen, ihr Haus, ihren Ehemann und ihre beiden Töchter.

Doch genau daran erinnerte sie ihr Gewissen an jenem kalten trüben Novembertag 1946, als sie ihr Ticket am Check-in-Schalter vorzeigte und dann auf den Flugsteig zusteuerte, um den Ozean zu überqueren. Sie stand kurz davor, ihre Heimat zu verlassen, ein neues Leben zu beginnen und ihre Familie im Stich zu lassen. Tausende von Kilometern entfernt wollte sie ein neues Leben beginnen, mit einem anderen Mann und einem anderen Kind. Denn die junge Frau, die so aufgeregt auf dem Flughafen stand, erwartete ein Kind von einem amerikanischen Soldaten, auch wenn sie das zu dem Zeitpunkt noch nicht wusste. Sie war mit meinem Vater schwanger.

In dem Augenblick, als ich sie mit verzweifelt gerunzelter Stirn wieder vor mir sehe und mich im Stillen frage, ob mein Vater weiß, dass er nicht der

Sohn meines Großvaters ist, klingelt es an der Tür. Laurence bittet mich, sie zu öffnen.

Sie wettet lächelnd, dass mit Sicherheit François aus dem Aufzug treten wird, weil François immer als Erster zu den Essen erscheint, die sie für ihre ehemaligen Liebhaber gibt.

Laurence hat richtig geraten, und als ich an der Tür stehe und Simons Vater auf mich zukommen sehe, weiß ich nicht, was ich zu ihm sagen soll. François ist aus dem Alter raus, in dem man Baggy-Jeans trägt, aber er fühlt sich noch immer jung genug, um genau so ein Kapuzenshirt wie sein einziger großer Sohn anzuziehen. François kommt ohne Begleitung, und als Laurence im Flur auftaucht, begreife ich, dass er niemals wieder eine so tolle Frau kennengelernt hat.

Im Bruchteil einer Sekunde erhellt sich ihr Blick, genau für die Zeit, die man braucht, um einen Sportwagen von null auf hundert zu jagen. Der Exmann drückt ihr zwei dicke Küsse auf die Wangen und nutzt die Gunst der Stunde, um ihr mit der Hand langsam über den Rücken zu streicheln. Diese harmlose Geste führt mich zu dem Schluss, dass nichts jemals ganz vorbei ist, vor allem wenn alles gut läuft und man Jahre später gemeinsam an einem Tisch sitzt, um in der Familie die Ankunft eines Neuen zu feiern, der die Aufgabe übernommen hat, fortzusetzen, was man begonnen hat: diese Frau innig zu lieben.

Angetrieben von der Macht der Gewohnheit betreten Vater und Sohn die Wohnung wie erobertes Land und fühlen sich hier offenbar wie zu Hause. Als sie auf dem großen Sofa im Wohnzimmer Platz nehmen, beobachte ich sie, und mir wird bewusst, dass ich niemals bei Alice eingeladen sein werde, um an einem Sonntagmittag bei einem leckeren Hähnchen ein glückliches Ereignis zu feiern. In gewisser Weise beruhigt mich diese Gewissheit, weil ich nicht mehr das Bedürfnis habe, sie zu besuchen. Jedenfalls glaube ich es, nein, ich bin ganz sicher. Alice hält nichts davon, Kontakt zu Verflossenen zu halten. Das ist ihre Art, den Wert der exklusiven Liebe zu würdigen, und sie befolgt ihr Prinzip genau: Was vorbei ist, ist vorbei.

Ich biete unseren Gästen etwas zu trinken an. Laurence bereitet es große Freude, die Gäste einander vorzustellen und sich viel Zeit dabei zu lassen, ob aus Zuneigung oder Selbstverliebtheit, weiß ich nicht. Jedenfalls bin ich überzeugt davon, dass sie die Gelegenheit, ihren ehemaligen Liebhabern zu zeigen, wie glücklich sie ist, schamlos ausnutzt, um bei ihnen auf narzististische Weise die Erinnerung an ihre gemeinsamen schönen Zeiten wachzurufen.

Die anderen kommen ebenfalls ohne Begleitung, und zwar in der Reihenfolge, in der sie das Leben der Gastgeberin geteilt haben. Die fröhliche Stimmung bei diesem Essen macht Laurence stolz.

François und Simon, Laurent und Pierre, Nicolas und Lucas. Die Exmänner meiner Frau sitzen in chronologischer Reihenfolge am Tisch. Mein Blick wandert im Uhrzeigersinn über die Repräsentanten ihres früheren Liebeslebens. Als ich die Truppe betrachte, denke ich: Alle Achtung! Kurz darauf treffen Jacques und Stéphane ein. Jacques benimmt sich ganz wie der erste Mann in Laurences Leben. Nachdem er mir freundlich die Hand gedrückt hat, stürzt er sich auf Laurence und küsst sie euphorisch. Er schließt sie in die Arme und tanzt ein paar Schritte mit ihr. Inmitten ihrer Gäste fliegt sie durch den Raum. Als ich ihre Freude sehe, die sich in den hohen Fenstern der Wohnung spiegelt, bekomme auch ich Lust, glücklich zu sein.

»Ich habe eine Überraschung für dich.«

Kaum ist Laurence verstummt, da klingelt es an der Tür.

Blitzschnell springen Alma und Claire auf und bitten mich, die Augen zu schließen.

Als ich die Erlaubnis erhalte, sie wieder zu öffnen, steht Alice vor mir. Laurence geht auf sie zu, um sie willkommen zu heißen.

»Jetzt ist die Familie vollzählig, nicht wahr?«

Ich weiß nicht, was ich sagen soll. Alice begrüßt mich mit den Worten:

»Ich möchte dir François vorstellen, meinen Mann.«

Meine Ex und meine neue Frau verstehen sich offenbar prima. Die Kinder beschließen, die Musik anzumachen, und alle küssen sich noch einmal.

Beim Essen herrscht eine ausgelassene Stimmung. Laurence ist die Königin. Mich verwirrt die ganze Situation ein wenig, und ich weiß nicht, wie der Nachmittag genau verlaufen wird. Ich weiß nur, dass Laurence, die jetzt aufsteht, sicher etwas verkünden möchte. Es dauert nicht lange, bis alle verstummt sind.

»Ich bin sehr stolz, dass ihr euch alle an diesem Tisch versammelt habt, meine Exmänner, meine Exfreunde, die Väter meiner Kinder. Es ist mir eine Freude, euch Antoine vorstellen zu dürfen. Ich freue mich auch, dass Alice gekommen ist, und ich kann es kaum erwarten, sie näher kennenzulernen. So kompliziert ist das Leben letztendlich gar nicht, es ist eigentlich ganz einfach. Wir müssen uns nur bemühen, uns weiterhin zu lieben, auch wenn wir nicht mehr zusammen sind, und Freude, Liebe, Harmonie und Familiensinn rings um uns herum zu verbreiten und an unsere Kinder weiterzugeben. Ich bin glücklich, dass wir uns alle gut verstehen. Jeder muss seinem Weg folgen, und kein Weg auf der Welt verläuft jemals schnurgerade. Dafür bin ich das lebende Beispiel. Und damit erhebe ich das Glas und trinke auf das Leben, seine Wendepunkte und auf die Liebe!«

31

Als ich auf meinem Display seinen Namen sehe, zögere ich kurz, ehe ich mich melde. Ein kühles Hallo. Ich bin spät dran, denn Alma und Claire warten vor der Schule auf mich. Viele Eltern, die ihre Kinder rechtzeitig abgeholt haben, kommen mir entgegen.

Mein Vater weint am Telefon, und wenn er schnieft, hört er sich an wie ein Kind. Trotz des Straßenlärms und des Geschreis der Kinder höre ich deutlich, dass sich sein Rotz mit den Tränen vermischt. Durch dieses Gebräu, das Kummer und Traurigkeit produzieren, nimmt seine Stimme einen hellen vorpubertären Ton an. Eine Polizeisirene übertönt zunächst sein Schluchzen und Jammern. Obwohl die tränenerstickte Stimme mich kaum erreicht und in seinem Handy verhallt, bin ich beunruhigt, denn er scheint kaum noch Luft zu bekommen. Kein Vergleich zu dem wütenden Ton, in dem er mich neulich abgekanzelt hat, weil ich mich heimlich mit Mouna aus dem Staub gemacht hatte.

Dann verwandelt sich die Tonlage seiner weinerlichen Stimme, die plötzlich nicht mehr im Lärm der Stadt untergeht. Sie wird immer schriller, überschlägt sich und durchdringt die Geräuschkulisse.

Seine schluchzend hervorgestoßenen Worte treffen mich wie ein Schlag.

Ich weigere mich zu verstehen, was er sagt, und schütze mich, so gut ich kann, vor dieser ungeheuren Brutalität. Für einen Moment dient mir der Straßenlärm ein wenig als Schutzschild.

Verzweifelt gehe ich in der Nähe der Autos und Busse in Deckung und versuche, hinter einer schreienden Kinderschar Schutz zu suchen. Ich verstecke mich hinter dem lauten Geknatter eines kaputten Auspuffs und halte den Atem an, um dem Hauch des Todes noch einen Augenblick zu entfliehen.

Ich will es nicht hören. Ich weigere mich kategorisch, die Nachricht zur Kenntnis zu nehmen. Ich möchte nicht wissen, dass meine Großmutter kaum zehn Tage nach unserer viel zu kurzen Reise gestorben ist. Ich versuche gar nicht erst, meinen

Vater zu trösten. Ich schweige, denn ich bin nicht in der Lage, auch nur einen einzigen Ton herauszubringen.

32

Ich warte hinter ihm. Mein Vater trägt seinen dunklen Anzug, eine schwarze Krawatte und ein tadellos gebügeltes weißes Hemd. Kerzengerade und mit unerschütterlicher Miene steht er zwischen Laurel und Hardy und nimmt die Beileidsbekundungen der Trauergäste entgegen. Wie es sich geziemt, setzt den beiden untröstlichen Schwestern, die nun Vollwaisen sind und deren Wimperntusche verläuft, der entsetzliche Kummer mächtig zu. Aufgrund des Jetlags verfolgen sie das Geschehen mit unsteten, verschwommenen Blicken. Sie müssen nicht nur den furchtbaren Schmerz, sondern auch die Reise durch verschiedene Zeitzonen verkraften.

Alle warten nun auf den Wagen des Leichenbestatters mit dem Sarg, in dem die Schildkröte ruht, um ihr die letzte Ehre zu erweisen, ohne

Blumen, ohne Kranz und ohne ein Gebet am offenen Grab. Meine Großmutter wollte nicht, dass für sie ein richtiger Trauergottesdienst stattfindet und dass die Trauergäste sich die Mühe machen, in die Kirche zu gehen. Sie wollte nicht, dass sie so tun müssen, als lauschten sie den Worten eines Pfarrers, der mit angemessener Miene all das sagt, was ein Pfarrer in einer so heiklen Situation eben sagt, wenn Menschen zuhören, die eigentlich doch nur aus reiner Pflichterfüllung erschienen sind.

Mouna wusste genau, dass die Kirche die Menschen nach ihrem Tod nicht alle gleich behandelt. Dass die Predigt eines Pfarrers unterschiedlich ausfällt, je nachdem ob man bei einem Unfall ums Leben kommt, ob man nach einer langen Krankheit stirbt oder ob man beschlossen hat, mit achtundachtzig Jahren den Tag und die Uhrzeit seines Todes selbst zu bestimmen.

Daher hat sie sich mit allen Trauergästen im Krematorium an der Ecke verabredet. Sie wollte auf gar keinen Fall, dass Würmer und Maden an ihr nagen oder sich jemand verpflichtet fühlt, ihr Grab zu pflegen.

Mouna hat es immer laut und deutlich gesagt: »Die Blumen auf den Gräbern stinken.«

Während ich Laurences Hand in meiner spüre, stelle ich mir meine Großmutter in dem geschlossenen Sarg vor. Und ich sehe wieder ihren Kopf mit dem weißen Haar zwischen den beiden Kissen. Sie wartet geduldig darauf, wieder »zu Erde zu werden, nachdem sie von Erde genommen wurde«, und auf die Nachzügler, die zusehen werden, wie sie langsam in diesem verfallenen Ofen in den Flammen verbrennt.

Mouna hat nicht einmal einen Abschiedsbrief hinterlassen, um ihren Schritt zu erklären. Niemand versucht es zu verstehen. Alle gehen davon aus, dass sie sich niemals von dem Selbstmord ihres geliebten Ehemannes erholt und daher beschlossen hat, ihrem Kummer aus Liebe ein Ende zu setzen, indem sie ebenso wie er freiwillig aus dem Leben scheidet.

Ja, es kommt allen gelegen, diesen plötzlichen, gewaltsamen Tod durch ein so großes Gefühl wie die Liebe einer Frau zu ihrem Mann zu rechtfertigen, zu erklären und zu begreifen.

Nachdem Mouna mir alles erzählt hat, ist sie auf leisen Sohlen aus dem Leben geschieden.

Man fand sie mit einer Plastiktüte über dem Kopf auf dem Boden. Als sie ihr die Tüte von Kopf zogen, sahen sie, dass meine Großmutter sich die Lippen geschminkt hatte.

Es wundert mich nicht, dass Mouna bis zum Schluss großen Wert auf ihr Äußeres legte. Sie hätte es niemals ertragen, als kranker Mensch oder nachlässig gekleidet zu sterben, in einer zu großen Strickjacke, mit Fettflecken auf der Bluse oder in einem Nachthemd, das auch nach der Wäsche nie ganz sauber wirkt. Sie hat es mir oft gesagt:

»Man darf sich niemals gehen lassen, auch nicht in den kleinen Dingen.«

Ich erinnere mich an meinen ersten Besuch in der Résidence des Lilas und an unsere Rückkehr von der kurzen Reise, als ihre Augen hinter der dunklen Sonnenbrille versteckt waren. Noch spüre ich nicht, dass sie nicht mehr da ist. Dafür habe ich mein ganzes Leben Zeit. Ich höre nicht zu, welchen Text meine beiden ausgewanderten Tanten abwechselnd vorlesen. Und ich finde, mein Vater ist ein Dummkopf, dass er wieder einmal nichts sagt. Wie durch einen Schleier nehme ich alles wahr, und die Gesichter der Trauergäste erscheinen mir plötzlich fremd. Dann kommt schnell der Augenblick, da der Sarg in die Flammen geschoben wird.

In den Blicken spiegeln sich Entsetzen und Staunen.

Mit einem kakifarbenen Regenmantel über dem Arm erscheint schließlich auch der Heimleiter der Résidence des Lilas.

Ich bin froh, dass Alma und Claire nicht bei mir sind, um das riesige Barbecue der Schildkröte mitzuerleben.

Laurence wendet den Kopf ab und weint um eine Frau, der sie niemals begegnet ist.

Meine Mutter starrt mich mit sanfter Miene an, und ich weiche ihrem Blick aus.

Die Tränen meines Vaters tropfen auf seine polierten Schuhe.

Alice schickt mir eine freundliche SMS, in der steht, dass sie an mich denkt. Die Zweideutigkeit der Nachricht ist ekelhaft und sehr aufregend.

Die junge Frau am Flughafen kehrt schließlich um, noch ehe sie den Flugsteig betreten hat, und gibt in letzter Minute den Wunsch auf, ihren Traum zu leben. Sie trifft die Entscheidung, lieber sich selbst als alles andere zu opfern, doch die Sehnsucht lässt sie nie mehr los.

Das ist der Augenblick, in dem uns die Realität einholt und wir gezwungen sind, unseren Grenzen ins Auge zu sehen.

Der Sarg meiner Großmutter geht in Flammen auf.

Jenseits aller Worte und aller Träume gibt es keine andere Lösung, als sich damit abzufinden, Abschied zu nehmen.

Das ist der Augenblick, da Mouna mir ins Ohr flüstert:

»Gib immer dein Bestes und bedauere nichts.«